刘 墉 给 孩 子 的 成 长 书

ZUO ZIJI DE ZHUREN

做自己的主人

刘 墉/著

接力出版社
Publishing House

桂图登字：20-2014-074
原出版者：台湾水云斋文化事业有限公司

图书在版编目（CIP）数据

做自己的主人 /（美）刘墉著. — 南宁：接力出版社，2014.6
（刘墉给孩子的成长书）
ISBN 978-7-5448-3412-4

Ⅰ.①做…　Ⅱ.①刘…　Ⅲ.①散文集-美国-现代　Ⅳ.①I712.65

中国版本图书馆CIP数据核字（2014）第078502号

责任编辑：袁怡黄　美术编辑：林奕薇
责任校对：贾宏宾　责任监印：刘　冬　版权联络：金贤玲
社长：黄　俭　总编辑：白　冰
出版发行：接力出版社　社址：广西南宁市园湖南路9号　邮编：530022
电话：010-65546561（发行部）　传真：010-65545210（发行部）
http: //www.jielibj.com　E-mail: jieli@jielibook.com
经销：新华书店　印制：唐山嘉德印刷有限公司
开本：880毫米×1250毫米　1/32　印张：4.5　字数：85千字
版次：2014年6月第1版　印次：2022年5月第12次印刷
印数：83 001—87 000册　定价：19.80元

目　录

第二篇　人生拖不得

第三篇　大胆说声我爱你

第四篇　爱的佳酿

自 序

突然发现距离我一九七三年出版处女作《萤窗小语》已经四十年了！

这么长的岁月，是什么力量驱使我不断写作？

我想应该是爱。

早年因为儿子离家去曼哈顿的史蒂文森高中，不放心，我开始写《超越自己》《创造自己》《肯定自己》；因为女儿渐渐长大，关心她的学习，我写了《做个快乐读书人》《少爷小姐要争气》；因为儿子进入社会，怕他不懂得处世之道，我开始写“我不是教你诈”系列。最近又由于女儿大学毕业，独自一人去欧亚旅行，怕她路上吃亏，我写了《人生百忌》。说来好笑，我甚至会因为两只飞来的野雁，而写出《啊啊》；因为抓到一只螳螂，养它，观察它，爱它，而写出《杀手正传》。

细想，那真正驱使我写作的，可不都是关怀、挂念与疼爱吗？我总因为儿女的触动产生灵感，又因为写出许多人的心声而引起他们的共鸣，再因为读者的期望而不敢懈怠。正因此，最近许多朋友问我，现在我有了孙子孙女，是不是又要为他们写几本书？

这可真问对了！或许有些读者在我的微博已经发现，我早在写一本教孩子认字的书。还有一样，则是新编的这一系列励志散文。

现在的孩子太不简单了！以前认为高中生才能懂的东西，不知是否因为网络时代智慧开得早，如今的小学生已经可以接受。最近还有位小学老师，要全班学生读我的书，再写信给我，居然个个说得头头是道，令人惊讶。正因此，我决定把过去为青少年写的各类文章，加以筛选，成为一系列适合小朋友阅读的东西，让大家的孩子，也让我的孙子孙女，能早早读到我的作品。

谢谢接力出版社，提供给我不少选文的建议，告诉我今天家长和孩子的需求，也谢谢许多热心父母的支持："我们要对孩子说的，就拜托你帮忙说了吧！"

希望这套书能对小读者们有些帮助，也盼这套书能像阶梯引导，为我招来新一代的"小粉丝"。

第一篇　写给儿子：如何事半功倍

上帝给每个人同样的时间，只有那些事半功倍的人能有过人的成就，也只有知道计划的人能够事半功倍。

如何事半功倍

一群记者抢新闻，为什么其中一位能提前发表，而且早了许多？

一群导演抢拍动物片，为什么有人能提前推出，而且又快又好？

一架飞机撞山失事了！

成群的记者冲向深山，大家都希望能抢先报道失事现场的新闻，其中一位广播电台的记者拔得头筹，在电视、报纸都没有任何资料发布的情况下，他却做了连续十几分钟的独家现场报道。

◎

电影圈突然一窝蜂地拍摄有动物参加演出的影片。虽然大家几乎是同时开拍，但是其中有一家，不但提早推出，而且动物的表演也远较别人精彩。

◎

你知道为什么那位记者能抢个头条吗?

因为他未到现场之前，先请司机占据了附近唯一的电话，打到公司，假装有事通话的样子。所以当他做好现场报道的录音，跑到电话旁边，虽然已经有好几位记者等着，他却只是将录音机交给司机，就立刻通过电话对全国听众做了报道。

你知道那位导演为什么成功吗?

因为在同一时间，他找了许多只外形一样的动物演员，并各训练一两种表演。于是当别人唯一的动物演员费尽力气，也只能演几个动作时，他的动物演员却仿佛通灵的天才一般，变出许多高难度的把戏。而且因为好几组同时拍摄，剪辑好立刻就能推出。观众只见其中的小动物，爬高下梯、开门关窗、取花送报、装死搞怪，却没想到全是不同的小动物演的。

◎

我讲这两个故事，是为了告诉你，这世间许多“非常的成功”，是以“非常的手段”达成的，那未动手之前的战略和构想，在一开始，就注定了他们的胜利。

同样的道理，我建议你在做每件事之前，甚至每一天的早晨，对将要做的事情制订个计划，而不是慌慌张张动手之后才去思想。

上帝给每个人同样的时间，只有那些事半功倍的人能有过人的成就，也只有知道计划的人能够事半功倍。

刘◇轩◇的◇话

节省时间的目的

对于节省时间，我老爸是专家，不只是工作，连玩乐都一样。

小时候我们全家常去游迪斯尼乐园。老爸总会先拿份地图，规划出最快的玩法。有别于一般人的习惯，我们总是采取相反的路线：入园后，先冲到最里头，再一路玩“出来”，或是以顺时针的方向游园（一般美国人习惯以逆时针方向行走，就是入园之后先玩靠右边的）。老实说，我当时并不喜欢老爸这么急着赶来赶去，但长大后愈来愈痛恨排队，想想老爸的方法确实省了不少时间。所以，将来有一天我带自己的小孩去迪斯尼乐园，也一定会这么做。

现在的生活里，我尽量试着在一些小地方节省时间。像我从事 DJ 工作，平时必须消化很多新兴的歌曲。我便会把大量的音乐先灌进 iPod，一边跑步一边听，这样不但做了功课，而且就运动的效率来说，总比听健身房的“芭乐歌”来得好。

迟到大王

爱迟到的人，似乎总是迟到。远程的约会，他要迟到；在他家旁边碰面，他还是可能迟到；连你早早到他家，坐在客厅里等，只见他东摸摸、西磨磨，到头来，仍然无法准时出发。

这是为什么呢？

我小时候，常听大人说“早起三光，晚起三慌”，又总是听他们在早早准备，到头来还是赶不及的时候说：“起个大早，赶个晚集！”

我当时就不解地问：既然讲早起的人，可以看见旭光、月光和星光同时在天空，好像非常从容，又怎么会“起个大早，赶个晚集”呢？

他们的回答很简单：“因为拖！”

这使我想起初来纽约，常在示范画大瀑布的时候，问参观的人有没有去过尼亚加拉瀑布，令人意外的是，摇头的居然占了相当高的比例。他们的道理也很简单："因为近，心想反正什么时候要去都成，所以一直拖下来！"妙的是那些人多半去过需要几天车程的佛罗里达，或更远的夏威夷。

◎

"拖"就是这么妙，拖时间的人，不一定真没有时间，反而可能有充裕的时间；拖欠债款的人，常在手头有钱时拖着不还，直到没有钱；拖延不给朋友回信的人，也可能总是把信放在案头，天天都想回，却一拖就是几个月。

你会发现，爱迟到的人，似乎总是迟到。远程的约会，他要迟到；在他家旁边碰面，他还是可能迟到；连你早早到他家，坐在客厅里等，只见他东摸摸、西磨磨，到头来，仍然无法准时出发。

这是什么原因呢？

难道是心理有毛病吗？

我想他们的心理不是真有毛病，却可能是心里总想着："不急嘛！时间还多！""不急嘛！还有一些时间！""不急嘛！大概正好可以赶上！""不急嘛！如果运气好，还不会迟太多！""不急嘛！别的人也不可能准时！"

最后则是："不急嘛！反正已经迟了！"

问题是，他这一拖就不知拖去了别人多少时间，更失去了多少宝贵的光阴和成功的机会。

◎

跟我学画的学生，常对我说："老师！我的墨总是磨不黑，怎么办？"

我的答案很简单："多磨一会儿！"

可不是吗？如果他的墨不是本来就是灰颜色的，而是真正的黑墨，当然不可能磨不黑，所以磨不黑并非墨的问题，而在于他自己。

同样的，如果你问我："我就是爱拖，怎么办？"

我的答案则是："不要拖！立刻行动！"

当你把心里面那些"不急嘛""不急在今天""时间还多"的意念抛开，告诉自己"立刻行动"时，你拖的毛病就会霍然痊愈了。

◎

由于你不论多早起床，却总是弄得迟迟出门，而常在第一堂课迟到，使我不得不说这一大番话给你听，因为"起个大早，赶个晚集"的人，要比那忘了上闹钟而迟到的人更糟糕。如同"有钱却拖着不还债"，要比"没钱还"来得可耻。

记住！你绝对不能有拖的毛病，因为我们的人生是拖不得的！太阳不拖，月亮不拖，星星不拖；春秋四季，万物消长，都不拖。

我们又岂能拖呢？

刘◇轩◇的◇话

“拖”的绝妙理由

有个朋友曾说：“‘拖’是一个必要的过程。不拖，还真做不了事！”

他这个歪理正反映了“拖”的奇妙心态。很多功课好、上进又绝顶聪明的人都会拖，起码在大学同学中，十个有六个是如此。因为自己也有这个毛病，我还曾经选修辅导中心开的“如何克服‘拖’”的课程，学到了一些东西：

有些人拖，是完美主义作祟。他们凡事会先花许多脑力进行“沙盘推演”，并为自己设下很高的标准。但因为想得太多，计划太复杂，反而无法行动。

有些人害怕失败，他们跟前者很类似。这种恐惧感使他们迟疑，最后导致失败，更加深这种惯性思考。

有些人有“强迫性行为”，像是出门前不停检查是否瓦斯、门窗没关，严重时则成为病态，愈靠近 deadline（期限）就有愈多琐碎的事情冒出来，使他们永远不安。

还有一种人很难开始做事，但一旦开始就停不下来。即使他们知道手上的事已经耽误了后面的行程，也无法自拔。

老爸说："不要拖！立刻行动！"其实每个爱拖的人、每个迟到大王，心里都有谱。我们都知道不应该拖，但就是办不到。

其实，最重要的对策就是"good enough"（够好了）这个观念。我们必须先说服自己"够好了！不要再磨了！赶快继续吧"，才能让自己不要拖，追上进度。

所以"拖"不等于"懒"或"惰"。当然，"赖床"又完全是另外一种状况，不能跟"拖"相提并论。这，还是留给别的文章再讲吧！

时间与金钱

在这个讲求速度的时代，同一时间永远只能做一件事的人，将可能被淘汰！

但在何种情况下该一时两用、一心两用，必须由你自己去决定。

你问我“用时间的方法”，我的答案是：用时间好比用金钱，如果你知道怎样用钱，也就应该知道怎样用时间。

金钱与时间，在“会用”与“不会用”者的手中，可能产生天壤之别。善于理财的人，能够用有限的钱，买到他需要的东西，甚至以钱滚钱，创造更多的财富。至于不懂理财的人，则可能毫无计划地使用，东买一点，西添一样，到头来买的东西不少，却该有的没有，既买了又无用处。

同样，会用时间的人，懂得安排时间，按照事情的缓急来支取，到头来，不但完成了他要做的，而且能够留下多余的时间。至于不会用的人，则东摸摸、西磨磨，时间一分一秒地过去，浪费的比利用的多，犹豫的比决断的多，时间永远不够用，事情永远做不成。

◎

这样说，或许你还不懂。那么，让我举个例子吧！

如果我今天给你几千块美金，要你自己出去生活，你要怎样使用这些钱？你不会先去买电脑游戏，也不至于先去看百老汇舞台秀，而是在解决了衣食住行的问题，并缴完学杂费之后，才开始考虑娱乐支出，对不对？

于是，当你把自己的开销做成统计图时，会看到有大笔的开支，也有小笔的花费，有必要的支出在先，非必要的支出在后。

◎

同样的道理，今天老天给了你时间，你不能先拿去打电脑游戏和看电影，也不可以先去整理相册、看小说和胡思乱想，而应该先安排睡眠、上课、读书和通学的时间。因为没有充足的睡眠，你的身体状况不可能好；不花时间乘车，你到不了学校；至于上课、读书，则是你现阶段最重要的事。当然，除此之外，你必须吃饭、交际、消遣，并处理生活上的琐事。只是在整个时间的分配上，前面几项占的分量大，后面几项占得小。

我为什么会特别提出所占比例的问题呢？很简单，当你有一笔巨款，你可以考虑买贵的东西。相反，你钱少时，自然是买小的东西。一个永远只买小东西，钱多的时候也不买房子、汽车的人，不能算是懂得用钱的人。同样，如果你支配每一段时间，都用来做小事，也不能算是会用时间。必须既会利用长时间，完成较大的工作，又知道掌握零碎的时间，做小事情。譬如当有两个月的暑假时，你可以计划作一个参加“西屋科学奖”的大研究报告；当你有一个星期的假日时，你可以为校刊写篇专访；当你只有周末两天的时间时，你就只能做做功课、出去看场电影或邀几个朋友聚一下。如果你在暑假的“大时间”，天天用来聊天、看电影，在周末却想写研究报告，就是大小时间不分了！

◎

有一个人总是急急忙忙地做事，朋友问他为什么这么赶，何不轻轻松松慢慢来。他回答：“我做事快，正是为了争取多余的时间。你们看到的固然是我忙碌的一面，其实当我回到家，却有比你们更多的休闲时间，也利用它实现了许多梦想。”

这个人是以速度来争取时间的，他把零零碎碎的“小时间”集中，成为大时间，也就能做较大的用处。比起那些做事总是拖拖拉拉，永远没有较大“空闲”的人，当然要算是知道利用时间的。

我们也时常看见主妇们一边聊天、看电视，一边织毛衣，由于这两种事都属于较轻松的，不必百分之百集中精神于其中一项，所以她们在同一时间，做两件事。

不过我也知道，有位著名的女作家，在她年轻时为了争取时间写作，甚至一边煮菜，一边写稿。国画大师黄君璧更是一面跟来访的朋友聊天，一面作画。这就非要高人一等的功力不可了。

◎

由于上帝给每个人的时间都一样，那些有过人成就的，往往都懂得这种一时两用的方法。

所以，当你假日起床之后，坐在桌前发呆，说是要想想那一天的时间该怎么安排，就已经是在浪费时间。你何不一边洗脸、刷牙、吃早餐，一边想这些事呢？

我过去作画到深夜，总是先把调色盘和砚台洗净，才安心去睡觉，但是后来改成了每天起床之后做这些事，因为前一夜已经疲惫，洗砚台时，脑海里一团迷糊，无法再想事情，不如省下时间，早早上床。第二天脑子清醒的时候，再一面洗一面想，许多写作和绘画的灵感，也就在这时产生了。

或许你要说，做事应该专心，同一时间只能做一件事。我想对于写文章、做数学题这些需要高度精神集中的事，确实如此，但如果说等公交车时不能一边看报，就没有道理了！但在何种情况下该一时两用、一心两用，必须由你自己去决定。但我要强调：在这个讲求速度的时代，同一时间永远只能做一件事的人，将可能被淘汰！

◎

综合我以上所说的，掌握时间的原则应该是：

一、决定事情缓急、轻重，以优先顺序来安排时间，免得该做的到头来没有做。

二、以大的时间做大事情，以小的时间做小事，绝不将大时间打碎，用来处理琐事。

三、以速度争取时间，将争取到的小时间，集中为较大的时间。

四、如果可能，在同一时间，做更多的事情，使时间多元化。

你说，这用时间与用钱的道理岂非相去不远吗？

刘◇轩◇的◇话

放松和把握时间同等重要

这篇文章对我影响极大，但也是我最难实践的。

我几乎每天都发现自己的时间不够用。可能因为工作太多太杂，同时要兼顾创意和行销的角色，时常觉得自己总是在跟自己赛跑，一下子跟客户开会，一下子在工作室里敲 MIDI 键盘，同时还得赶稿。

现在看这篇文章，还是觉得自己有许多改进空间，不过我觉得“时间管理”这门学问，也得按每个人的工作性质及生理时钟作调整。例如，我的脑袋都是晚上比较活跃，反而早上一团迷糊，所以我都尽量在中午之前处理比较不重要的事。可惜这跟一般人的生活习惯恰恰相反，所以有时候早上要开重要的会议，我也不得不妥协，只好出门前多喝杯咖啡。

我发现，很多事情是无法一心两用的。例如创作时，我需要一段完整并毫无干扰的时间。看起来像发呆，其实是在思考。我很羡慕老爸提到的那位女作家，可以一边炒菜，一边写稿。我写稿时连听音乐都不行！我老爸也一样，他可以一边跟我母亲聊天，一边浇花，但当他开始写作，书房门关上，谁也不敢吵他。

根据我的观察，现代人已经非常习惯同时做很多件事情。办公室里随便谁的电脑都不只有一个视窗开着，IE、Word、Excel 统统一起来，还可以跟 MSN 上的朋友聊天。分心已成为常态，专心才是比较困难的。

现代人流行静坐、练瑜伽，这都是为了让自己的生活能够慢下来。我以前看到有人在跑步机上打电话，觉得他们很厉害，但现在觉得那样很可怜。既然要跑步，就好好地跑；如果想放松，就完全让自己放松。所以，补充我老爸的时间观念，我要说："争取时间的时候极力争取，是为了让自己该停下来的时候，能够好好喘口气！"

玩物丧志

我每个月花几万块，让他高高兴兴、十分满足地坐张闲椅子，不用几年，他就因为跟不上社会的脉动，而不再是个人才。到那时候，再放他出去！随便谁去聘请吧！

这两天我一直有点纳闷，因为每当我跨进你的书房时，似乎你都紧张兮兮地按下电脑的一个键，屏幕上也便呈现几行我看不懂的字。我猜想你必是在搞什么鬼，可惜自己对电脑外行，所以当你说正在做功课，我也只好点点头，满腹疑惑地走开了。

今天当你打电脑时，碰巧有同学的电话进来，你只顾回身接电话，终于被我抓到——

你居然在拷贝电脑游戏。

而我进一步搜索后，才发现你的抽屉里居然有十几张电玩的光盘。

当我拿着光盘走出你的书房时，你的脸色突然变了，惶恐地冲出来，请我手下留情。

◎

年轻人！我是多么心疼你的惶恐啊！但我又是何等不忍看到你因为功课做不完而睡眠不足的样子！如果你能功课、睡眠和运动兼顾，我怎么会专制到不准你玩电脑游戏呢？即使你想拷贝一百个，我也没有意见啊！

◎

是的，照你说，同学只能借你几天，再不拷贝就来不及了。问题是如果他借你几十个，而且限定你第二天还的话，你是否就要整夜不睡呢？

◎

这世界美好的东西真是太多了！电视上有看不完的好电影，等着你录，可是你有没有时间看？当你向前看还来不及的时候，岂能不断向后看，那只会使你摔跤的！

不知道你有没有发现，我最近很少拍反转片，照相机里虽然装着底片，却只有在遇到最难得的情况时，才按下快门。因为我发现过去拍的反转片，已经看不完，许多反转片只有在刚冲好的时候，能够对着光瞧一眼，连装进幻灯机的时间都没有，便束之高阁。

◎

再想想！这世上可读的好书真是太多了，几辈子也念不完。

问题是如果每一位作家都穷毕生之力，去读别人的东西，又怎么可能有时间创作呢？

你必定记得我曾经带你去过一个爱好摄影的朋友家，他的书架上放着上千卷的影片和录像带，说是为了嗜好，绝不舍得将拍好的带子洗掉重拍，所以积下那许多。问题是，他偌大的家业全没了，他有最好的电影摄影机，却买不起胶片；他有最好的复印机，却因为没钱请人保养、装炭粉，而无法使用。他的妻子离他而去，即使他留下的千卷影片和带子，也因为只知拍摄，不知取舍，而难有杰出的作品。那么，他能算是成功吗？

◎

“玩物丧志”，这句话不一定正确。因为许多人由玩物的嗜好，进而成为行家。但你也要知道：只有懂得“进退”，知道什么时候停下脚步、精益求精的人，才能成功。至于耽迷其中，不懂取其精华、弃其糟粕的人，则必然要真正的“丧志”了！

◎

好比一群画家进入大花园写生，有些人很快地浏览，并找到中意的花卉之后，就开始写生；有些人觉得每种花都漂亮，都“绝不能错过”，结果左挑挑、右拣拣，再加犹豫一番，到头来什么也没画，徒然跑得一身大汗。

那么现在你所说的“这里的每个游戏都好玩，绝不能错过”是不是有道理呢？只怕当你终于有一天，有空拿出来玩时，早有更进步、更精彩的东西被发明出来！如此说来，挑几个玩玩，不就够了吗？

◎

我尤其担心的是，如果你不知取舍，今天损失还小，只怕未来会落入别人的圈套，而断送前途。

有一位杂志社的老板曾对我说："某人是个人才，我要高薪把他聘到！"

我问："可是你已经有那么多人才，聘下这个人，你有没有事情给他做呢？"

"没有！"那老板居然说，"但是总比落在别家杂志社的手上要好，我每个月花几万块，让他高高兴兴、十分满足地坐张闲椅子；不用几年，他就因为跟不上社会的脉动，而不再是个人才。到那时候，再放他出去！随便谁去聘请吧！"

◎

多么可怕！他用每个月几万块的薪水，买了一个人的志气，也可能埋葬一个人才！

且不说未来，如果今天有位同学，嫉妒你的成绩，一下子借给你几十个好玩的电脑游戏，是不是也可能使你因为彻夜拷贝而精神不济、健康衰退，而把功课荒废？

只有知道衡量事情的轻重、缓急、先后与进退取舍的人，才能成功，也才不会落入别人的圈套！

请记住我的话，一生受用！

刘◇轩◇的◇话

玩物也能立志

我在看这篇文章时，忍不住想着原来我以前和现在有一样的毛病。不过我必须说，老爸虽然认为我在拷贝电玩，但其实有个更大的乐趣，即破解电玩。也因此，当年我对程序语言是愈来愈熟悉，几乎成了一个小小“黑客”；如果让我继续研发下去，也许现在真成了一名超级“黑客”！

每个人都有搜集东西的习性，从邮票、棒球卡，到搜集电影、音乐等。我不觉得搜集是不好的行为，因为搜集多了，可以成为鉴赏专家。

“玩物”不一定会“丧志”，如果能在玩物中玩出学问，何尝不是“玩物立志”？

真假世界

盆景、小说、戏剧、电脑游戏，乃至迷幻药带给我们的，都不是真实的世界，它们很可能反映了真实世界的东西，却毕竟不等于真实。

今天在我批评你玩太多电脑游戏的时候，你不服气地说：“知道吗？这是很复杂的游戏，里面有一整个宇宙呢！”

当时我没多说，只是现在要问你：你游戏中的那个宇宙有多大？它只是一个电脑中的宇宙，一个别人创造的宇宙。

我还可以告诉你，据吃过迷幻药的人说：“服药之后，世界变得五光十色，可以出现许多异象，感觉自己仿佛飘浮了起来。”那么，是不是他们也就拥有了另一个多彩多姿的宇宙了呢？

◎

在这个世界上，确实还有许多不同的小世界。譬如盆景，当你面对它，让自己的想象在其中徜徉，那小小的石块、苔藓和迷你的亭台楼阁，就像是另一片真实的山水。

又譬如小说、戏剧，当你沉迷其中，自己就成了剧中人，随着他们生活、哭笑，那也便是另外一个想象的世界。

问题是，这盆景、小说、戏剧、电脑游戏，乃至迷幻药带给我们的，都不是真实的世界，它们很可能反映了真实世界的东西，却毕竟不等于真实。所以当你以它们为适当的消遣（不包括毒品），偶尔沉醉其间，使精神获得放松或驰骋自己的幻想时固然可以；如果错把那个由别人构筑的“假世界”，当作自己的“真世界”，就大错特错了！

好比曾经有不少吸食迷幻药的人，想象自己能飞，而真从楼顶向下跳一样，那结果是必然的——非死即伤。因为他飞的想象是在假世界中，而跳的行为却发生在真实的世界里。

◎

更普遍的例子，是许多人举杯浇愁，希望在酒醉时能够浑然忘忧，飘飘然仿佛腾云驾雾一般。问题是，宿醉之后可能头痛，而头痛后，他还得面对真实的人生。他的困苦可曾因为一醉而消失呢？如果心想可以再醉几次，不断进入那酒后麻醉的世界，他便可能在真实的世界中永远站不起来。

所以我必须警告你，不可将假世界与真世界混为一谈，更不可将虚幻的价值观，移到现实生活中来！

刘◇轩◇的◇话

在虚拟世界里暂歇

在网络如此发达的时代，真实世界与虚拟世界的界限愈来愈模糊。近年来有一个叫“Second Life”（第二人生）的网络游戏，在3D界面城市里，玩家可以拥有一个化身，过起另外一个人的生活。说它是游戏不完全正确，因为它没有特定的目标，没有怪兽要杀，也没有宝藏要寻。每个玩家只是在虚拟世界里过着一般生活，认识别人、买卖东西，存钱买虚拟房屋、虚拟汽车，根本与实际的世界没两样，但“Second Life”却有百万会员加入。

我觉得“Second Life”会那么受欢迎，正因为我们都偶尔需要逃离现实。

就像进电影院，把自己关在黑盒子里，是为了短暂忘记自己、忘记世界。有些较严格的家长，会在考试期间完全禁止小孩看电视、打电子游戏等娱乐活动，但我觉得这应该因人而异。一直关在房间里啃书本，效率常会愈来愈差；短暂的放松与逃脱，反而常有助于提升效率。

人体机器

眼力不行了，手发抖了，体力差了，当然画风也得改！年轻时画工笔勾勒花鸟，这时难免要改为粗笔写意，甚至泼墨。所以一个时期画一个时期的东西。少年时不必装老，老年时也不要强作少年。

我很喜欢跟医生聊天，因为他们常能讲出蛮“唯物”的道理，在我这个相当唯心的人听起来，有一种特殊的刺激，也能帮助我反省。

其实用“唯物”这个词是不够精确的，倒不如说是“很实际”，他们常把人的身体当成一架机器，坏了就要修理，不修就会出问题，甚至连情绪的变化都能用科学的方法来分析。

譬如说从血清素（serotonin）和正肾上腺素（monoamines）的含量，能知道一个人忧郁的倾向；从染色体的排列异常，分析出与犯罪的关系。甚至连凡·高作画的强烈色彩，都有医学界的人认为与他治疗药物造成的刺激有关。于是当我们把出了问题的灵肉之躯带到医生面前，他们很可能把它当作“物”来分析，对准那出了问题的地方修理。

◎

昨天晚上，纽约著名的艺术收藏家杨思胜医生到画室来聊天，便带给了我一些新的感动，他说：

“许多画家，你看他老年的作品不怎么样，却绝不能否定他，因为如果拿出他中年期的作品来看，可能好得不得了，这有什么办法呢？人的身体是有限的，譬如我年轻的时候记忆好极了，可是现在叫我记东西，却得拿出本子写，因为动不动就忘。

“当一个画家的身体情况改变，眼力不行了，手发抖了，体力差了，当然画风也得改！年轻时画工笔勾勒花鸟，这时难免要改为粗笔写意，甚至泼墨。所以一个时期画一个时期的东西。少年时不必装老，老年时也不要强作少年。一个人的艺术地位，要以他各个时期的不同成就来衡量。”

◎

他的这段话使我想起有一次诗人聚会，大家都有个感觉，就是成年时作品所使用的词汇和典故，居然大部分是学生时代习得的。中年以后，尽管吸收得不少，也试图强记一些东西，却没多少能流到笔端。

我也确实发现，由于教科书是统一的，每几年会有些更动。居然由记者或作家们写稿时所用的词语，常能分析出他们大约是哪一年次的。因为同时间学到的东西，尤其是古文中的特殊句法和词汇，很自然地被带入他们的作品之中。

此外你会发现，年轻时喜欢用险怪艰涩词句的作家，往往到了老年变得平易。这一方面因为他们的人生境界高了，不再需要卖弄渊博；另一方面，更由于经过岁月的过滤、遗忘，自然留下那最常用、最实用，也最真切的东西。他们的作品确实不再绮丽、辛辣、诡谲，而变得平淡，但是平淡得妙，仿佛摇篮边母亲的话，更能触动我们的心灵。

问题是，他们如果没有少年时的饱学、青年时的峭拔、中年时的雄浑，就不可能有老年时的平淡入妙。

◎

我觉得人生就像是开矿淘金。像你的这个年龄，体力、记忆力都强，就要努力挖掘，尽量吸收，不要怕脑子装不下、库房不够大，而当唯恐不足，拼命充实，真正做到博学强记。

青年期则是将矿砂分类、学问分门的阶段，也就是开始求精；到了中年，虽然看来拥有的矿砂愈来愈少，却正是你体力可以处理的量，也正是你可以运用丰富经验，提炼出纯金的时刻。

至于老年呢？那是你可以把纯金打造成精美艺术品的时候。

在打造的过程中，那金的重量不会增加，甚至可能因为切割烧熔而损失，却能进入更高的境界。

请问你有没有为长远的未来，趁自己年少的时候努力挖掘？

请问你是否已经有一满库的矿砂，可以让你用未来的岁月去提炼、去精制？

刘◇轩◇的◇话

机器的维修保养

不管是学习语言还是其他技能，确实都有所谓“黄金时段”。举例来说，许多语言学家认为孩子过了十三岁左右，学习外语的潜力会改变。即使学得好，也很难达到和母语一样透彻理解的程度。

我们应该趁年轻时多学些东西，而且不只是课本上的东西，也应多运动身体，让我们的机器在“动”与“静”上都能伸展到极限。

所谓“活到老，学到老”，我也同意。有些事太年轻时还真学不来，需要历练才能领悟。再说，人如果不一直学习，跟着时代改变，便很容易停留在昔日的思考模式，变成所谓的LKK（老古董）。机器生锈了，再动起来就更难了！

不必在乎

当别人的五层楼完工时，你的地基可能还没打好。如果因为羡慕别人的五层楼成绩，或被那落成的鞭炮声扰得心慌意乱，只怕你就没有资格去盖五十层的大楼了！

不知你是否注意到，当你练琴的时候，我很少坐在旁边，甚至可以说，我故意避开。明明我在场，你会弹得特别卖力，为什么我反而躲开呢？

答案是：就因为你弹得特别卖力！

我发现当我在别的房间时，你会一小节、一小节地反复练习，磨那些细微的地方；但是只要我一走近，你为了表现，往往立刻加快速度与力量，弹出华丽的段落。问题是在那震人的琴音后面，是不是只有着贫乏的内容与浮面的技巧？

◎

这使我想起初中到公园里参加写生比赛，当有人围在我身边看，为了让画面显得漂亮，以博取赞美，我也有操之过急的毛病，结果在不该渲染的时候渲染，在该打背景的时候却画了前景，在画的过程中固然可能看来比旁边同学的好，完成的作品却是失败的。

渐渐地，我知道是不必把围观者放在心上的。因为他们如果不内行，那品头论足的言语，根本没有价值；即使他们说得有理，也只能做个参考，毕竟作画的是我，不是他们。

◎

这也使我想起大学刚毕业那年，主演话剧《武陵人》，在头一场戏之后，有位演员高兴地拿着报上的剧评宣读。编剧张晓风女士却淡淡一笑："何必介意别人写什么，首先要想想，那写评论的人，有多少分量。他如果说好，值得我们多高兴？他说坏，又能减损我们什么？"

当时，我十分诧异这位谦虚敦厚的女作家，居然说出那么狂傲的话。但在事后想想，却觉得这正是一位艺术家应当持有的态度。

◎

无可否认，人有群性，听到大家鼓掌，常在没弄清楚什么事情之前，也便跟着鼓掌。问题是，如果我们处处听别人的，哪里还有自己？

即使是自己，也不能完全听自己的！这句话听来矛盾，其实有大道理。这是因为我们都有天生的弱点，譬如缺乏耐性、拖延、懒散。当我们想开始做一件事的时候，那个“爱拖延的自己”很可能会说：“不急嘛！明天再做不迟！”当我们画一张画时，明明知道色彩要一层一层慢慢来，那个“缺乏耐性、急于求功的自己”却可能会催着说：“快！颜色上重一点，你看不是比较好看吗？”问题是：事情可能一天天拖下来了，那画上的颜色可能在最后变得太深。这些错误，实际上都是事先可以避免的，就因为那天生的弱点，打碎了我们原有的计划，反而遭到失败。

◎

记得我在高一的时候，每次作文总是虎头蛇尾，写不到三百字，就草草结束，成绩自然不好。而坐在我后面的一个同学，却回回拿高分。有一天我把他的作文拿过来细细看了一遍，才发觉除了破题，还要正面谈、反面谈，再加综合结论。“真累啊！”我说。

可是就在我耐下心，试着一边写，一边告诉自己“别急”，终于写完一篇长文交上去之后，成绩便一下子跃升。当我拿着发回的作文簿，看着那可爱的“甲”和美好的评语时，心想：原来得高分并不难，就是别急！

◎

对！就是别急——不要急着在人前表现自己，更不要因为心急，而破坏了自己应有的计划！如果你想盖五十层大楼，需要打五层以上的地基；如果你只想盖五层楼，那么一层的地基就成了。

最重要的是，如果你是前者，必须知道：当别人的五层楼完工时，你的地基可能还没打好。如果因为羡慕别人的五层楼成绩，或被那落成的鞭炮声扰得心慌意乱，只怕你就没有资格去盖五十层的大楼了！

如果处处都在乎别人，哪里还有自己？

如果不能克服自己天生的弱点，如何战胜别人？

请深思！

刘◇轩◇的◇话

如何不在乎

虽然我们都说不必在乎别人的眼光，但其实很难办到。举例来说，我去健身房使用跑步机，只要有一群辣妹走过，我一定会跑得比较卖力；而且光看旁边机器的数据就知道，并不是只有我如此。如果以精密仪器测量心跳、体温、皮肤电流反应等，我相信无论男女，只要感觉到别人注目的眼光，都会受到些微的影响。

如何受到影响又不被影响，这就不简单了。我很佩服某些职业篮球选手，罚球时能忍受对方的啦啦队与球迷在旁边捣乱、做鬼脸、骂脏话，还可以慢慢地瞄准，专心把球投进篮里。我相信那种定力一旦练成，也能转换到其他局面上，让人更稳、更不容易心慌意乱。

生理的周期

把《唐诗三百首》的诗句分类，发现许多有趣的现象，譬如关于春、秋的诗句特多，属于夏季和冬季的句子特少。是不是因为夏天太热，冬天又太冷，不适合诗人写作？这时候，他们做什么？

去年到北京探亲的时候，有一天临时提议去爬山，没想到身为医生的堂哥，居然说先得看看他当天的生理周期如何，跟着便掏出一个小日记本翻阅。原来他们采用一套生物节奏的理论（Biorhythm），认为人从出生开始，就进入不断变化的生理周期。有时体能特佳，有时精神最好，有时脑力活泼。其间的高潮与低潮递变，所以爬山之前，他要先检查一下当天的情况，再决定去不去。

我当时笑他迷信，他却正经八百地讲："人本来就有高潮、低潮，体能好的时候偏重劳动，脑筋清楚的时候偏重思考，才能发挥最高的工作效率！”

◎

我们且不论他的那一套道理对不对，至少有一件事是值得借鉴的，就是：配合着生理状况做事情。

今天一大早，我发现你竟然在打电玩，使我想到说这段话。我不是叫你把生辰八字寄去给你的堂伯算生理周期，而是希望你最起码要认清自己在一天当中的精神状况。

你是属于早晨办事效率特高的人，当然应该把最要集中精神和求精确的功课，譬如数学、钢琴之类，放在早上做。怎能一起床，先往阴寒的地下室跑，蹲在那里一两个钟头玩电脑游戏呢？这就好比电视台用晚上的黄金时段，播卡通和烹饪节目一样。

电视台知道下午四五点钟，是小孩放学在家等着吃晚饭的时候，所以播卡通。下午两三点钟是主妇家事告一段落时，于是播烹饪，而非晚上七八点钟放映这些节目。为什么你却不能衡量精神状况，来选择工作重点呢？

前几年我把《唐诗三百首》的诗句分类，发现许多有趣的现象，譬如关于春、秋的诗句特多，属于夏季和冬季的句子特少。当时我就想：是不是因为夏天太热，冬天又太冷，不适合诗人写作？这时候，他们做什么？

我相信，那些唐代诗人，既会掌握春秋温适的日子创作，必然也知道如何在冬夏遣怀。你是否也懂得掌握季节的特性呢？

◎

最近几年从种菜中，我也学会不少东西。譬如青椒、番茄这些成长期较长的蔬菜，可以从早春就在室内培育，等天气暖了，再移出去，目的是为它们早抢一点时间。还有那包心菜、大白菜之类耐寒的植物，则在秋天种最后一茬，因为它们可以一直长到冬天下霜，所以能多利用几天土地。你是否也懂得这种抢时间的道理？

如果大唐的诗人在春秋的好日子不写，而跑去下棋，如果我非要等到母亲节之后才下番茄、青椒的种子，又在秋天开始种黄瓜，只怕我们的书中不会有那么多优美的唐诗，我们的餐桌上更不可能有那样多自己种的蔬果了吧！

所以，你是不是应该也为自己制订出个时间表？比别人抢先一步、多留一刻，且抓住最恰当的时刻，做最适宜的工作！

刘◇轩◇的◇话

当黑夜比白天美

我从事音乐工作，也跟许多创作者一样，总是到了深夜才有灵感，但这并不符合中国人的养生观念。我目前正想办法调整作息，寻找最适合创作的时段，或许可以把白天的时间当成晚上来使用。

根据研究，生物的周期节律（circadian rhythm）都在二十四小时左右，但也很容易受光线、药物、荷尔蒙等影响。总而言之，每个人都有自己的周期，就看怎么运用，才能发挥最大效果喽！

回馈的爱

几个朋友烧了她最爱吃的鱼头送去，却听到老人瞒了十几年的秘密：

“鱼头虽然好吃，我也吃了半辈子，却从来没有真正爱吃过，只因为家里环境不好，丈夫孩子都爱吃鱼肉，只好装作爱吃鱼头。”

你一定常听我谈起兰屿的风景，但我要告诉你，兰屿给我印象最深的，不是山水，而是海边遇到的一家人！

那是一个傍晚，我在兰屿的海滩散步，看到一家人正蹲在地上整理刚网到的鱼。他们把鱼小心地分成四堆，也可以说是四种等级。

“为什么把鱼分开来摆呢？”我当时好奇地问。

男人用生硬的汉语，指着最好的一堆鱼说：“男人鱼！”又指指剩下的两堆鱼说，“女人鱼！小孩鱼！”最后指着那显然又少又差的鱼说，“老人鱼！老人吃的！”

◎

十五年了，那海边一家老小的画面，至今仍清晰地映在我的眼前，甚至可以说，深深烙在我的心上。

我常想：为什么那老人家要吃最差的东西，又为什么当时那老人家，竟抬起头来，对我一笑？

今天，我到朋友家做客，再一次受到这种震撼！晚餐之后，我指着桌上的残羹剩菜，对主人客气地说：“您准备得太丰盛了，剩下这些，多可惜！”

岂知主人才六七岁的小孩竟毫不考虑地搭了腔：“不可惜！奶奶吃的！”

“我婆婆等一会儿会出来吃！”女主人说，看见我十分惊讶，又解释，“她不喜欢一起吃，叫她吃好的，她还不高兴，只有剩下来的，她才吃，而且吃得高兴！”

◎

孩子！现下我坐在桌前给你写信，想到今晚的那个画面，禁不住流下泪来！我要再一次问：

为什么？

为什么？

只因为老人家没有了生产力，就该吃剩的，该吃坏的吗？

只因为老人家“自愿”“高兴”，我们就任她自生自灭吗？

相信你一定读过我在《点一盏心灯》里写的《爱吃鱼头》那篇文章，老人家临终前，几个朋友烧了她最爱吃的鱼头送去，却听到老人瞒了十几年的秘密：

“鱼头虽然好吃，我也吃了半辈子，却从来没有真正爱吃过，只因为家里环境不好，丈夫孩子都爱吃鱼肉，只好装作爱吃鱼头。”

这是千真万确的事，故事中的老人家有幸在临终前说出心底的话。问题是这世上有多少为家庭牺牲的父母、尊长，就在晚辈的一句“她自己喜欢”的漠视下，慢慢凋零了。

是的！她们是在笑，因为自己牺牲有了成果，而快乐地笑！

但晚辈们看到那笑，是不是也该笑呢？

还是应该自惭地哭？

◎

我为“公视”“中国衣冠文物的精神”进行评估，在读了一百多万字的专家论文后，印象最深的，竟然是论文里提到西方社会学家，于一九三七年起，在中国多年调查的结果：

不要以为中国农村有许多三四代同堂的大家庭，事实上几乎没有！主要的原因是农民寿命太短，平均在五十岁以下，活不到多代同堂的年龄，又因为贫穷而缺乏维持大家庭需要的财富。

你能相信吗？这个中国自古就盛行“多代同堂”的说法，

竟然错了！

那是理想，不是事实！

父母、尊长平均活不到五十岁，这是多么可悲的事！问题是，父母不能甘旨无缺、安享天年，难道不是做子女的耻辱吗？

过去穷，我们没话讲！

今天富，我们该多么庆幸。可是在我们庆幸的时候，是否该想想自己有没有真尽孝，抑或是制造了一种假象？

记得有一次，你抱着一碗鱼翅当粉丝喝，我很不高兴地说：“那是留给奶奶的！”

你则理直气壮地说：“奶奶说她不爱吃，叫我喝光算了！”

你有没有想过，奶奶是真不爱吃吗？还是“爱你”，而特意留下来？

你应该知道，牙齿不好的奶奶，最爱吃的就是能滑溜入口的鱼翅汤了！

记得我们每年冬天都排列在窗台上的柿子吗？

为什么柿子一买就是十几个？因为我发现只买几个的时候，你奶奶知道我爱吃，总是先抢着吃香蕉，等我叫她吃柿子时，就推说自己早吃过了水果。

只有当她发现柿子多到不吃就会坏的时候，才会主动去拿。

◎

你一定也总是看见我为你奶奶夹菜，她拒绝，说不要吃，我就把筷子停在空中，直到夹不稳而要掉在桌上，她才不得不把碗伸过来。

你注意，她哪次不是高兴地吃完呢？

你也必然见到，当菜做咸了，大家不吃，她却抢着夹的画面。我用筷子压住她的筷子，以强制的模式，不准她吃，因为血压高的人，最不能吃咸！

“瞧！有这样的儿子！不准老娘夹菜！”她对着一家人抱怨。

你有没有注意，她是十分高兴地说这些话？

所以，今天我要隔海叮嘱你，希望你能注意家里外公外婆和奶奶的饮食，我不在，你母亲又常加班，这就成为你的责任！

◎

当我们小时候，长辈常用强制的方法对待我们，叫我们一定吃什么，又一定不准吃什么！他们这样做，是因为爱护我们！

而在他们年老，成为需要照顾的“老小孩儿”时，我们则要反过来模仿他们以前的做法——

用强力的爱！

这不是强迫，而是看穿老人家装出来的客气，坚持他们接受晚辈的孝敬！

如此，当有一天他们逝去，我们才可以减少许多遗憾！因为我们为天地创造了一种公平、回馈，以及——

无怨无悔的爱！

刘◇轩◇的◇话

接受并回馈

我去过兰屿，那里季节多变，一年当中可以捕鱼的时间不长。虽然以现在的眼光看“老人鱼”的习俗是令人感伤的，但那也反映了一种很坚硬、实际的人生态度。

我曾经到城里一家照顾独居老人的疗养院，有很深的感触。疗养院院长提到，他们一开始只收容老人，结果死亡率居高不下。后来他们加收了一些离家少女、未婚妈妈，让这两个族群互相照顾，发现效果非常好，因为老人与少女彼此付出关怀，彼此都获得实质与精神上的满足。

对我奶奶来说，她这样的举动就是爱。除了这样的付出与自我牺牲，还能以什么方式来表达爱意呢？我奶奶在八十几岁，还把我视作她的小孙子，总是夹菜给我吃，那是祖母对孙子永远的情感。这时，我也只能夹菜给她，接受她的这份爱，同时回馈这份爱。

你不能失败

马断了腿，当然还能活！但马不是人，人能残而不废，马不行。身为一匹马，不能跑了，就算活着，又有什么意义?!

今天我在学校体育组见到一件怪事，当时球队正为晚上的比赛做练习，突然接到一个队员从地铁车站打来的电话，说是因为天气突然转凉，他穿的衣服太少，如果站在冷风里等公共汽车会感冒，所以希望队友开车去接他。

从学校到地铁只有十五分钟的路，真是再简单不过的事，可是你知道球队的教练怎么说吗?

他居然说："电话不要挂，先问他感冒没有，如果还没感冒，就立刻去接；假使已经感冒，再重一些也不要紧，就自己吹风，坐公共汽车来吧！"

我听了大吃一惊，颇不以为然。岂知教练有他的道理：如果已经感冒，今天晚上当然是泡汤了，又何必浪费别人的时间去接，而且影响了大家的练习。本来嘛！迟到就不应该，天气多变，不注意身体，更不应该。自己不小心，而且不以团契为重，谁又能管得了他！

◎

这件事，使我想起台湾的一位企业家朋友讲的话。他说："在我的公司里，如果一个人四十岁还没有升到主任，就永远不必再想这个位子。因为爬上来已经嫌迟了。既然不可能再由主任的位子往更高阶层爬，就乖乖待在下面，免得影响其他有冲力的人！"

他的理论虽不尽然对，但是跟下面西方哲学家赫伯特的这几句话，不是很相似吗？

一个人如果二十岁而不美丽，三十岁而不健壮，四十岁而不富有，五十岁而不聪明，就永远失去这些了！

这个世界是不等人的，它残酷得甚至不能给予失败者一点同情。

譬如，在一组人执行秘密的战斗任务时，如果其中一个不幸受伤而无法继续前进，为了怕他被俘之后泄露军机，造成整个行动的失败，领导者可能不得不将那人灭口。

譬如，几个人同去爬山，以绳索相连攀缘峭壁时，如果一人失足，悬在半空中，想尽办法不能解救，而其他人却可能因此都被拖下深谷时，只好割断绳索，将那人牺牲。

谁希望受伤？谁希望失足？

谁又能责怪他受伤与失足？

只能责怪命运！而命运常是残酷的！

相信你一定在电影里看过，当马腿关节受到重创时，主人常不得不将它一枪打死。我曾经问一位马术教练：难道那马断了腿，就活不成了吗？为什么非要置它于死地？

他说：当然还能活！但马不是人，人能残而不废，马不行。身为一匹马，不能跑了，就算活着，又有什么意义?!

以上，我讲了许多残酷的故事给你听，因为你已经到了可以接受这种事实的年龄，未来也将面对这些残酷的现实。

“你必须成功，因为你不能失败！”

这是一句非常莫名其妙的话，却有耐人寻味的道理！

刘◇轩◇的◇话

输的感觉

读了这篇，许多人可能会觉得我老爸是个严厉的父亲。当年我听到这番话，也觉得太强烈、太残酷。但如果今天换成军队上级或球队教练，我绝不会对这话感到意外，因为打仗或比赛，非胜即败。

“你不能失败”这句话也反映了人生最戏剧性的一面。我们爱看体育比赛，随着选手们的拼斗而心情七上八下，因为运动场也像古罗马的竞技场，是输与赢、生与死的战斗。以后我教导自己的小孩，一定会让他们参加球队。要他们尝到输的感觉，这是除了打仗与当兵之外，体验真实人生的绝佳机会。

老爸对我说：“你不能失败。”但对我妹妹却说：“也给人家尝尝第一名的滋味嘛！”这么不同的教导，我认为不是重男轻女，而是因为当年在写《超越自己》时，我老爸也正处于年轻冲刺的时期，所以他对自己的态度是绝不能输，也急迫地想把这强烈的观念传递给儿子。如果这造成比较大的压力，我也只好认命。

当然还有另一个原因，就是我妹妹的个性很像老爸，她已经把自己逼得够呛了！

第二篇　人生拖不得

如果新学的东西像刚炒好的菜，你何不趁热吃，却搁进冰箱，总吃剩菜？刚出炉的多好吃？刚上过的课多容易复习？何必拖到都忘得差不多了或考试临头才动手？

逼你成功

“一口田”旁边有神的保佑，是“福”。

“一口田”上面加个屋顶，表示有房有田，是“富”。

“一口田”长了脚，要你行动，要你进取，去得到那“一口田”，就是“逼”。

我有个事业非常得意的朋友。四十多岁，没结婚，每天跑进跑出，比谁都忙。有一天我问他：“你都在忙什么啊？又是为谁忙啊？”他先愣了一下，接着笑笑，说：“我也不知道为谁忙，只觉得背着一个好大好大的包袱，每天拼命向前冲。”我又开玩笑地问：“那包袱里装的是什么啊？你有没有自己打开来看看？”“我看了！我看了！”他说，“里头全是我公司职员家里的老老少少，要吃要喝，为了他们，我想不干都不成，我是被逼得往前冲。”我不以为然地说：“你怎么不说是你自己的野心和理想，使你往前冲呢？”“没错啊，我自己的野心和理想当然也逼我冲。想想，一个人不被逼，不被环境逼、理想逼，怎么可能冲得久，又怎么可能成功？”

他的话真有道理，哪个成功的人不是被逼出来的？哪个学生又没被逼呢？即使是最要强的人，如果缺了“逼”的力量，也很难有杰出的表现。甚至可以说，愈是懂得争取成功的人，愈懂得利用逼的力量，不但自己逼自己，还要别人一起逼。

一个人有游泳的天分，想要更上层楼，于是报名参加游泳训练班，他是为什么？他是为了学习新的技巧，改正过去的错误，也是为了找个老师逼。一个有绘画天分的人，找老师学画也是如此，平常他一个星期画一张，拜师之后，功课增加了十倍，画得不好还要挨骂，每次上课之前，更得熬夜做功课，你说，他不也是没事找事，自己找罪受，找人逼吗？

我就是一个很会逼学生的老师。学生找我学画的时候，我会建议他们买最好的工具，因为我发现当他花了一大笔让他心疼的钱之后，就算我逼得紧，他们也比较不会放弃，每当他们要放弃，想到自己昂贵的工具就白买了的时候，会咬着牙，学下去。然后，他们愈画愈好，得到我的夸赞，盼下次还能被赞美，更加倍努力。除了我逼，他们也自己逼自己，一步步走向成功。我许多得奖的学生，都是这样“内外交逼”下成功的。

从另一个角度看，逼学生的老师，何尝没有逼自己？为了让学生每个星期都能见到老师的新作品，为了以身作则，我也不得不画，而有了更多的成绩。“教学相长”不也是“教学相逼”吗？

写文章也是如此，不信，你去问问，哪个成功的作家没有被逼？他被两种人逼，被报社、出版社的人逼，也被他自己逼。读者逼主编，主编逼作家，作家逼自己，逼得想睡也不能睡，不想写也得写。问题是，多少惊人的作品就这样诞生了。如果你问金庸：“您那些武侠巨著是怎么写成的啊？”他很可能答：“报社连载逼出来的。”你再问：“如果没有报社逼，您写得出来吗？”他很可能答：“写得出，但写不了这么多。”

你或许要想，一个人没有灵感，逼也没用。这么说，你就又错了。你看过传统诗社的“击鼓催诗”吗？一群诗人聚会，有人出题，几言诗，什么韵，咏什么题材。题目才喊出来，就开始击鼓，起初慢慢地一声一声击，愈击愈快，心愈急，愈写不出，鼓声愈连成一气。只见一个个平常潇洒风流的诗人，急得抓耳挠腮，满脸通红，一头大汗。只是，当鼓声结束，多半人都能交出作品，有些作品还真不差。要他平常写，一个月也写不出来，在鼓声当中居然写出了，这不是逼的吗？

好，或许你没见过击鼓催诗，但你总读过王羲之的《兰亭集序》吧。一群文人在兰亭“流觞曲水”，你知道什么是“流觞曲水”吗？那是一条弯弯的水流，大家沿着水坐下，从上游送下一只盛着酒的小杯子（通常是带着两片翅膀，容易浮在水面的漆制酒杯），流到谁前面，谁就得作诗。你说，那不也是一种逼吗？

你或许说："对不起！我没见到他们的诗，说不定都是烂诗。"但你总读过《兰亭序》，说不定还看过临摹的书法作品，对不对？你有没有发现作品上有王羲之写作涂改的笔迹？表示确实是在集会时当场完成，连誊写都来不及的作品。

想想，《兰亭序》是多么有名的文学作品，那书法作品又被后代多么推崇。如果没有曲水流觞，没有文人相逼，王羲之能有这个成就吗？

再想想，王勃的《滕王阁序》是怎么写成的？当时骚人墨客群集，各逞文才，王勃写一句，仆人通报给主人一句。换作你，你紧张不紧张？问题是，《滕王阁序》不是中国文学史上的不朽之作吗？王勃那天如果没去，你今天能知道谁是王勃吗？

我今天写这篇文章，是因为常听年轻朋友抱怨他们被老师逼、被家长逼、被上司逼，却不知道整个人类的文明都是被逼出来的，"逼"对我们有多大的好处。所谓"困而学之"，困就是一种逼。优胜劣汰、适者生存，连进化都是被逼出来的。

看看"逼"这个字，是长了脚的"一口田"。

"一口田"旁边有神的保佑，是"福"。

"一口田"上面加个屋顶，表示有房有田，是"富"。

"一口田"长了脚，要你行动，要你进取，去得到那"一口田”，就是“逼”。

上班的人，星期一早上不想去，还得去，因为生活逼；念书的学生，每天放学不想做功课，还得做，因为老师逼；一个在家从来不入厨房的人，留学在外，居然烧得一手好菜，因为环境逼；一个登山者，跳过一条他平时绝不敢跳的深沟，因为有只野兽逼。所幸世界上有“逼”这件事，我们才能超越自己，完成超出自己能力的事。孟子说：“天将降大任于斯人也，必先苦其心志，劳其筋骨，饿其体肤，空乏其身，行拂乱其所为，所以动心忍性，增益其所不能。”

这段话说的不是只有四个字吗？就是“逼你成功”！

人生拖不得

如果新学的东西像刚炒好的菜，你何不趁热吃，却搁进冰箱，总吃剩菜？刚出炉的多好吃？刚上过的课多容易复习？何必拖到都忘得差不多了或考试临头才动手？

一九九二年，我的一个朋友，迷信韩国某教派的说法，居然认为他们全家十月会升天。“升天”的前几天，这朋友两口子送来了他们的银行存折、房地契和各种钥匙，说：“我们升天之后，你们在地上还有一段艰苦的日子，这些东西就给你们了。”又叮嘱一句，“对了！升天的时候，我们会在身上挂个名牌，因为世俗的衣服和手表、首饰，全会在升天的一瞬间坠落地面，你们可以去我们聚会的地方捡。”

“升天”的日子终于来了，有人说听见“号角”，有人说见到“异象”，表示他们立刻要被“提升”到天堂。只是时间一分一秒过去，美国警察骑着大马在“聚会地点”隔着窗子往里望，紧张地巡了一整夜。第二天，一群人却还留在地面，没一个升上去。

朋友又来我家拿她的钥匙、存折和房地契。我开玩笑地问她：“怎么没升上去？班机误点了吗？”她倒一点都不觉得尴尬，笑笑说：“没升上去也好，下面还有不少没做完的事。”接着，她居然面露得意之色地说：“你知道吗？我以前做事乱七八糟，总是拖。这次为了升天，怕你们善后的时候不好看，特别来个大整理，把该办的事全办了，该还的人情全还了，现在觉得好轻松呢！”

她这话，我很能体会。因为我是一个总在太平洋两岸奔波的人。三个月在纽约的家里创作，两个月在台北的办公室上班。每次我无论刚回到台北还是纽约，就得告诉自己，多少天之后必须离开，什么事也不能拖，只要拖两天，下面的工作就可能出问题。而且每次离开的时候，我都来个大清理，把要带到彼岸的东西分出来，把不要的抛弃。我居然就因为这样的生活方式，能在工作上有惊人的效率。这不是跟那位“升天”的朋友一样吗？我总惦记着到了某一天，便得飞去另一个地方，所以不敢拖。

“拖”，是很多人的毛病，甚至可以说是“人性”。“拖”常因为懒，也可能由于不敢面对问题。孩子拖着不起床，因为怕面对当天的考试，结果可能迟到，更考不好。大人拖着不体检，可能因为怕查出毛病，结果误了病情，更治不好。“拖”，也可能因为觉得“明日复明日，明日何其多”。心想反正明天多的是，何必抢着今天办。

我认识一位以前住在巴黎罗浮宫附近的老太太，她是前两年由法国移民到纽约的。你猜这位老太太最大的愿望是什么？居然是再回巴黎，游一次罗浮宫。老太太说她在距离罗浮宫十分钟的地方住了五十年，只有年轻的时候去过两次，而且都没能细看，因为想着随时可以去，岂知那十分钟的路，一拖就是半个世纪。又说如果这辈子没机会再去好好逛一次，不但会遗憾，而且是耻辱。

更过分的是，我二十岁的时候到台湾中部乡下的一个同学家玩，他的祖母过世不久，据说老人家临终觉得这辈子最遗憾的是，每天都听到火车的汽笛声，却一生没见过真正的火车。

相信很多人都听过两个四川和尚去普陀山朝圣的故事。一富一穷两个和尚一起发愿要去南海普陀山，有钱的和尚计划坐船去，因为钱不够，还在化缘，等募足了再走，穷和尚却立刻动身，一路化缘，一路行进。过了不久，富和尚还没出发，穷和尚已经从普陀山回来了。由这个故事可以知道，拖的人不见得没钱，也不见得没时间，他们缺的是“当下即是”、立刻行动的力量。问题在于有些事情我们能拖，大不了拖到后来不做了，有些事情却怎么拖，有一天还是得面对。

我印象很深的是以前常去一家裱画店，因为裱褙的画最好能贴在墙壁上久一点，让它干透，我每次都早早把画送去，只是常常在交件的前一个星期经过那家店，想进去瞧一眼裱在墙上的画，却发现师傅还没动手裱呢。原因是，东西太多，前面顾客催着交件，他没时间裱我的。更根本的原因是因为他拖，愈拖愈多、愈积愈多，产生了连环效应。结果没有一张能在墙上挂足够的时间，也可以说没有一张裱得够好。

记得有一年除夕，我经过裱画店，发现他还带着徒弟用吹风机把画吹干，我问他怎么回事，老板笑说顾客要给拜年的朋友看，初一一大早非送到不可。又对我一笑，说过完年我只要送画去，他立刻就能动手，因为拖的欠的已经在年前都赶完了。我常记起这一幕，心想他如果从一开始就不拖，不是每一张都能准时交件，而且干得透、裱得好吗？既然每张画他都得为人裱好，何必一拖再拖，造成张张画都迟交，每个顾客都骂他，甚至因为他总裱不好，而不再光顾。只是我也发现即使他后来生意差了，他还是不能准时交件，因为他的问题不在做不完，而在“拖”已经成为他改不掉的坏习惯。

各位年轻朋友，你们面对的功课和考试，不是跟那裱画店师傅的工作一样吗？你怎么拖、怎么积，还是得面对，何不一开始就当下努力呢？如果新学的东西像刚炒好的菜，你何不趁热吃，却搁进冰箱，总吃剩菜？刚出炉的多好吃？刚上过的课多容易复习？何必拖到都忘得差不多了或考试临头才动手？当然因为忙，每个人都难免拖（包括我在内），那么就隔一阵子狠狠加把劲儿，譬如假使你明天放长假，先别出去玩，而把所有拖欠的东西做完吧！

至于做家长的，我建议您从孩子很小的时候就教他“今日事，今日毕”，玩具玩完立刻收，答应爸爸妈妈的事要立刻做到，脱下还不必洗的衣服立刻挂好。训练孩子由小娃娃阶段就“当下即是”。当然，还有一点，父母必须注意，就是你答应孩子的事，也得说到做到，不能拖！免得把这毛病传染给下一代。

超越恋母情结

一个人不论多强，里面都藏着一个小孩的心灵，都可能在最紧急和痛苦的时候，不由自主地喊："妈啊！"为了让自己超越这与生俱来的恋母情结，我们必须迎向外面的世界，接受挑战。

人生有许多必须超越的东西，首先要超越的是"与生俱来的恋母情结"。

各位乍一看，可能吓一跳，心想这个世界有几个人恋母啊！但是我必须说：我们每个人从小到大，甚至到老，都有着潜在的恋母情结。也可以讲，我们从一出生，就在"躲在妈妈怀里不长大"和"脱离妈妈出去独立"这两者之间挣扎。是啊，妈妈的怀抱多温暖！有安全感、有保护，还有奶可以吸。外面多辛苦啊！要自己闯、自己拼、自己冒险！

所幸那走向独立的力量大些，使多数的孩子都能脱离父母成家，自己成为父亲、母亲，照顾下一代，人类才能进步，生命才能繁衍。

尽管如此，恋母的心理还总是在我们一生中不断浮现。举个例子，很多人早上起不来床，甚至该上班了，还缩在被窝里，不想面对外界。好像一个小娃娃，想躲回妈妈的肚子里。我甚至听学生说过，如果早知道世界上有这么多麻烦，一定会躲在妈妈的肚子里，拒绝被生出来。这种想法就有着恋母的成分。

还有，就算你在家里没见过，在电影里也可能看过，有些大男人，会偎在老婆的怀里。他是大男人哦！在外面可能雄奇跋扈，但是回到家，却可能要老婆搂着，即使搂那么一下，他也会觉得舒服得多。那时候，太太就担任了某种妈妈的角色。

何止人类恋母啊，其他动物也恋母。有位美丽的英国女孩，二十多岁居然跑到非洲的坦桑尼亚森林里，花了好多年的时间研究黑猩猩。她就是著名的生物学家珍古德（Jane Goodall）。

当年珍古德观察许多黑猩猩家族，甚至用拍电影的方式记录它们的生活，从而有了惊人的发现。譬如，早先大家认为只有人类会用工具，但是珍古德拍到黑猩猩会找长长的草茎，伸到白蚁的窝里，然后拉出来，吃爬在上面的白蚁。当黑猩猩喝不到洞里的水，会用干草塞进去，泡湿了，再拉出来挤水喝。让我印象最深刻的是，珍古德拍一个黑猩猩家庭的纪录片——

小黑猩猩诞生了，妈妈好像人类一样天天抱在怀里，呵护、疼爱、哺育。小黑猩猩渐渐长大了，还是寸步不离地拉着妈妈的手，甚至爸爸妈妈坐在树上，小黑猩猩会往中间硬挤，当“电灯泡”。但是有一天妈妈生病了，走到水边喝水，竟然倒在河边死了。小黑猩猩过来找妈妈，妈妈没有反应，只见小黑猩猩拉着妈妈的尸体又跳又叫，后来竟然几天不吃不喝，也倒在珍古德的镜头前面。

这画面不是正说中了德国大哲学家尼采讲的，我们由爬虫进化到猿猴，由猿猴进化到人类，但是我们里面仍然有着猿猴吗？在猿猴的身上，看到了人性的弱点；在我们的身上，也能见到猿猴，包括猿猴恋母的表现。

不只猿猴，大概多半的动物都会黏着妈妈，小鹿、小马、小象虽然生下就会走，也要追着妈妈。小海獭在水里会贴着妈妈游，小鸡会躲在妈妈的翅膀底下。但是无论它们怎么恋母，它们的妈妈多么疼爱自己的宝宝，都有一种与生俱来的本能，让那些妈妈知道什么时候把孩子推出去独立。我就曾经观察窗外的小鸟，麻雀妈妈带着刚会飞的小麻雀，到我的喂食器吃东西。起先小麻雀都站在树枝上不动，等着妈妈来喂。渐渐地小麻雀长大了，长得跟妈妈差不多一样了，却还是在枝头上拍着翅膀、张着嘴大声叫，要妈妈喂。但是妈妈知道孩子大了，不能再喂，自顾自地到我的喂食器里吃东西。这时候小麻雀会飞到妈妈身边，还要妈妈喂，起初妈妈勉强喂两口，但是再过两天，如果小麻雀还追到妈妈身边，麻雀妈妈会转过头，狠狠啄小麻雀，把孩子赶走。

连小鸟都懂得逼孩子独立，人能不懂吗？从父母的角度，不能总把孩子当小娃娃待，你要让他做主，让他独立，让他负责任，放他走出去。从孩子的角度，就算你的爸爸妈妈宠你，亦步亦趋地带你长大，甚至永远把你当小孩子，什么事都要帮你做主，似乎不希望你长大，你也应该知道：人必须独立！

各位年轻朋友，你们先别读到这儿就转头对父母说："看吧！刘老师说我们可以自己做主。"当你这样说的时候，要先想想，你是不是真独立了，还是只独立了一部分。

很简单，你早上起得来床吗？你会不会前一天晚上拨闹钟，一边上，一边自己对自己说，我不必妈妈叫，闹钟响，我自己会起来，但是才过了几个钟头，闹钟响了，你却把闹钟按下去，继续睡。甚至爸爸妈妈来叫你，你还要哼哼唧唧地蒙着头，不高兴。再不然，你就算起来了，却坐在那儿发愣，或是有"起床气"，好像全家都欠你的。你想想，独立的人能这样吗？如果你出去打仗，半夜枪响，敌人打进来了，还由得你发愣、赖床吗？

记得二十多年前有部美国电影《收播新闻》，里面演一个电视台的强人女导播。出去报道内战的新闻，子弹嗖嗖地在耳边飞，连摄影记者都蹲在地上，她却一点也不怕地站着。但是电影里有个画面，是她早上出门前，突然坐下来，蒙着脸哭！只是一下，接着把眼泪擦干，提起皮包，昂头挺胸地冲出去。可以说，这位女导播在前一刻表现的是恋母的退缩，后一刻表现的是独立和勇往直前。每个人可能一生都在这两者间拔河。

一个人不论多强，里面都藏着一个小孩的心灵，都可能在最紧急和痛苦的时候，不由自主地喊："妈啊！"为了让自己超越这与生俱来的恋母情结，我们必须迎向外面的世界，接受挑战。为了让孩子超越恋母情结，父母要常常把孩子推出去，让他们长大。

尼采说得好："不是牧者，就是羊群。"我要说："不是男人，就是男孩。"

精神好了再说

原来认为应付不了的考试，在休息好，甚至出去运动运动之后，不但没误了时间，反而读书的效率特别好，原先觉得难的东西，也变简单了。所以在对一件事情说不之前，可以先缓一下，别急着做决定。

某天早上，我出门的时候，看见邻居太太一个人坐在门前的椅子上。“等谁啊？”我问她。她一笑说：“没等人，在等我老公的电话。”说完又一笑，“我老公早上一睁眼就说股市还会跌！要我卖掉手上的股票，可是八成他起来之后就会回心转意。”正说呢，她的手机响，果然她老公急着打电话，叫她别卖股票了。

原来那已经不止一次，就是她丈夫刚醒的时候会悲观，起床之后吃完早餐，精神一来，就又变得乐观。

其实每个人都一样，精神不同、身体状况不同，看事情的态度可以完全不一样。说几个故事给你听，第一个是“左右手的差异”。

我常打网球，每次到球场，教练都会交给我一大篮网球，要我自己挑“状况好”的球出来打。那些球都是旧球，虽然因为多少已经“走了气”，不能当“比赛球”，但是用来做练习，还是不错的。我总是挑那些气比较足、捏起来比较硬的。大约一百个旧球当中，能有二十多个入选。奇怪的是，有一天，同样一百多个球由我挑，居然有六十多个都很硬，被我选了出来。“不可能啊！”我心想，“难道今天我右手懒得把拍子放下来，改用左手挑，就有这么大的差异？”我放下球拍，跟以前一样，用右手再挑一遍。果然，原先“过关”的六十个球，又只剩下二十多个。

多妙啊！同一个人，同一颗心，同一个标准，只因左右手力量的不同，居然有这么大的差异！

第二个故事是“精神状态造成的差异”。

我住在一栋高楼里，每天都要上下十几层的电梯，由于坐惯了电梯，我几乎能闭着眼睛，心里算着楼层，暗自喊一声“开门”，电梯就正好到达。

但是有一天，我夜里突然想到一封该收到的信，于是睡眼惺忪地下楼拿。这一回，我的“心算”居然不灵光了。我心里才算到三分之二，电梯就到了。回楼上，再算一次，又是这样。我发现电梯的速度没变，只因为我的反应比较迟钝，“时间的感觉”居然不一样。

如果你不常乘高楼电梯，可以试着用家里的微波炉做实验。先在白天用微波炉，譬如设定三十秒，从一开始，就在心里默数。练习久了，八成你心里数到三十，那微波炉也正好嗒嗒嗒嗒叫，时间到。好，你再试着在睡得迷迷糊糊的时候做同样的事，八成才数到二十几，炉子就响了。由此可知，同样的时间，当你精神状况、身体状况不同时，在感觉上也会不一样。有时候你觉得时间不够，其实不是真不够，而是你的身体状况不好。

现在说第三个故事，是“健康状态造成的差异”。

每次我在台湾地区忙上一阵子，刚回到美国的时候，任何地方请我演讲，我都会毫不考虑地说：“不！”但是每次当我说不的时候，我的秘书都会讲：“这演讲还早呢！是不是过两个月再回他们的话？”于是，把事情压下来。两个月过去，秘书再拿同样的事情问我，我往往会沉吟一下，说让我想想。再隔几天，八成就会点头了。秘书说得不错——我一累，就什么都“不”；等精神恢复，就什么都好办了。

还有一年，我去马来西亚，到台湾地区就肠胃不好。回美国，一下子由“大热天”进入冰封雪冻的寒带，又因为出去铲雪，摔了一跤，在床上躺了一个多月。生病的这段时间，我怨天尤人，不断地悔恨，怪自己出远门，也不想计划未来的事，所有的“宏图”全不见了。一个多月之后，我病好了，又开始打球、长跑。奇怪的事情又发生了——那些生病的时候认为办不到的事，件件都变得容易，似乎只要做，就一定能成功。

第四个故事是“环境气氛造成的差异”。

相信只要上高中，每个人都会读到范仲淹的名作《岳阳楼记》，各位记不记得其中先讲：“若夫霪雨霏霏，连月不开；阴风怒号，浊浪排空；日星隐曜，山岳潜形；商旅不行，樯倾楫摧；薄暮冥冥，虎啸猿啼；登斯楼也，则有去国怀乡，忧谗畏讥，满目萧然，感极而悲者矣！”好像伤心透了，可是当天气改变：“至若春和景明，波澜不惊，上下天光，一碧万顷；沙鸥翔集，锦鳞游泳，岸芷汀兰，郁郁青青。而或长烟一空，皓月千里，浮光跃金，静影沉璧，渔歌互答，此乐何极！登斯楼也，则有心旷神怡，宠辱偕忘，把酒临风，其喜洋洋者矣！”可见同一个人，面对不同的景色和天气，在心情上能有悲与喜完全相反的差异。

从上面这几个例子，可以知道，当我们想不开一件事的时候，问题很可能不在那件事，而在于我们的精神状态。正因如此，很多认为毫无希望、走上绝路的人，被救回之后，都能开创一片美好的人生。原本对工作已经厌倦，想辞职不干的人，出去度个假之后，又可能野心勃勃了。原来认为应付不了的考试，在休息好，甚至出去运动运动之后，不但没误了时间，反而读书的效率特别好，原先觉得难的东西，也变简单了。所以在对一件事情说不之前，可以先缓一下，别急着做决定。先想想，你现在的精神状况怎么样。

正所谓“忍一时风平浪静，退一步海阔天空”。你很可能发现原来嫌啰唆的朋友，一下子变得殷勤可爱了。原先的“山重水复疑无路”，突然变成“柳暗花明又一村”了。甚至原来找你麻烦的敌人，一下子成为给你机会的同志了。而且原先百思不解的问题，突然间全有答案了！

第三篇　大胆说声我爱你

没有行动的爱不是真爱，无论对子女、对父母、对社会、对国家，甚至对地球。我们不仅要有爱心，更要有行动，而且现在就行动。

大胆说声我爱你

“我爱你”，这是多么简单又多么沉重的三个字啊！简单得不用一秒钟就能说完，沉重得许多人用一生去犹豫，终究没有说出来。

有一天搭美国朋友的车出去，他让上幼儿园的小儿子坐在后面。小孩不但用脚踢前座的椅背，而且尖声怪叫，吵得我头都要炸了。

更糟糕的是我这位朋友，会冷不防地对孩子大吼：“闭嘴！”因为开车，他不能回头，看来就像是对我或对着高速公路在喊，害我神经更紧张了。

妙的是，他不但喊“闭嘴”，而且会接一句“我爱你”，成了“闭嘴！我爱你”。

“你这是什么意思？既然骂他，叫他闭嘴，又要说你爱他？”

我好奇地问。

“我是有道理的。”他一笑，“以前我只喊闭嘴，后来有一天人家问他叫什么名字，他居然说：‘我爸爸叫我闭嘴。’我想想不是办法，在孩子印象里，我好像只会喊闭嘴，为了改善他的感觉，所以在骂完之后，一定加一句‘我爱你’。”接着转过脸问我，“你平常不跟孩子说‘我爱你’吗？”

我支支吾吾地点了点头：“……说，当然说。”心里却想，天哪！我好像从来没对儿子说过“我爱你”。

◎

直到三年前，我的儿子写了一本《寻找自己》，里面谈到他在叛逆时期，有一次被我骂了之后，把我送他的玉佩狠狠砸在玻璃板上，玻璃裂开，把手割伤了。我冲进去，以为他要割腕，把他抱住，滚倒在地上，不断对他说：“爸爸爱你！爸爸爱你！”我才发觉我说过“爸爸爱你”，是在那么惊恐的情况下喊出来。

那一幕还清晰地浮在眼前，当我看他双手沁血、浑身颤抖的时候，我还能说什么？我能骂他吗？还是跟他说一番大道理？

什么道理都没用，只有一个道理最是道理——“爸爸爱你！”

无论我们对孩子的责难与宽恕，或孩子对我们的责难与宽恕，不都是因为爱？不也都能在“我爱你”当中得到化解吗？

这世上有什么比“我爱你”更能包容的话？只是为什么我们总开不了口，说“我爱你”？

◎

最近读到一篇有关电影导演林正盛的报道。

这位从小喜爱戏剧，后来虽然做了面包师傅，仍然参加电影编导班，终于在东京影展获奖的导演，提到他拍《春花梦露》的灵感，其中有一段得自他的祖父。

热衷政治的祖父，认为太太应该是待在家里的女人，总以一种近乎“粗暴”的方式，对待自己的“牵手”。

直到有一天，老婆中了风，不能再行动。老祖父突然改变态度，回头照顾老妻。他骑着脚踏车，载老妻去杂货店看电视，喂老妻吃饭，还为老妻洗澡。

林正盛说每次祖父为祖母洗澡，祖母都会掉眼泪。他猜想，这会不会反而是祖母觉得“今生最幸福的时刻”。

于是，他用这个题材，也可以说用这个“省思”，拍成了《春花梦露》。这确实是个值得省思的事，尤其对我们中国人而言。

◎

我们都爱自己的父母、子女，可是，有几个真真正正，对着他们说出心声——“我爱你”？

我们会用唱的，在母亲节唱：“母亲，母亲，我爱你。”

我们会用写的，在父亲节卡片上写：“爸爸，我爱你。”

我们会用吼的，对孩子瞪着眼睛喊：“你知道这都是因为我爱你吗？”

我们会用英文说“I love you”，好像换一种语言，就能减少尴尬，比较不会“不好意思”。

甚至总说“我爱你”的情人，在成为老夫老妻之后，再讲“那句话”，就成了肉麻。

记得前两年，看过一个漫画，画中妻子问丈夫：“你爱我吗？”

“爱呀。”丈夫从报纸后面抬起脸答。

“你真的爱我吗？”太太又问。

“爱呀！”丈夫举着报纸答。

太太还不满意，又追问：“你确实爱我吗？”

丈夫突然狠狠地放下报纸吼道：

“哎呀！”

这个漫画真是活生生地描绘了中国的老公。

◎

不错！把“我爱你”挂在嘴边的洋人，可能有些是假的，但如果你永远不说，又怎么可能是真的呢？你虽然可以用行动表现，在妻子有一天病重时，送汤送药、帮她洗澡；在父母有一日病危时，跪在床前悲痛欲绝。

只是，那一刻是不是嫌晚了呢？

◎

“我爱你”，这是多么简单又多么沉重的三个字啊！简单得不用一秒钟就能说完，沉重得许多人用一生去犹豫，终究没有说出来。

古板的父亲，在严肃的表情背后，藏了这句话；辛劳的母亲，在慈祥的眼神后，藏了这句话；青春的孩子，在叛逆的心深处，压抑了这句话。

千百年来，中国人隐藏的这句话，已经可以砌成一座长城。只有如孟姜女，在悲怆的哭喊中，才能把那句话释放出来。

你我心里、家里，是不是都有这么一堵墙？

让我们今天就把那墙推倒，不再害羞，不再等待，大胆地对我们的丈夫、妻子、父母、子女、爱人，说出那句深藏已久的心声：

“我爱你！”

有行动的爱，才是真爱

我们不仅要有爱心，更要有行动，而且现在就行动。

有个问题看起来很简单，却普遍存在，就是做父母的不满意自己的孩子，甚至后悔生了他，做子女的又怨父母，怨父母无理，怨父母严厉，或怨父母没钱。

让我以一件小事开始吧！我曾经住在公园旁边，可以很清楚地听见公园里的声音。有一阵子下午同一时间，总听见那些做妈妈的喊："白玉娃娃！白玉娃娃！"我很好奇，扒着窗子看，只见好多妈妈手里抱着自己的孩子，围着一个小娃娃车，还弯着腰盯着里面的娃娃看。再一个劲儿地赞美："瞧，这白玉娃娃皮肤多好哇！""比起来，我这娃娃变成黄皮娃娃、黑皮娃娃了！"我虽然隔一条街，也能看出来，那由外佣推来的娃娃，可能是混血吧，皮肤很白，轮廓很深，眼睛又大，确实漂亮。

妙的是，连着听喊“白玉娃娃”几天，渐渐没人喊了，据说那些抱着娃娃的妈妈，故意避开白玉娃娃，转去公园的另一边聚会了。只剩白玉娃娃还天天准时出现在原先的地方。可过几天，那些妈妈又回来了，各抱着自己的娃娃，走过来走过去，看看白玉娃娃，再看看自己怀里的娃娃，不停地说：“还是我们家娃娃可爱，我们娃娃虽然不是白玉娃娃，但是妈妈疼、妈妈爱，爱死了！”

可不是吗？自己的孩子就是自己的，就算长得不漂亮，功课不够好，似乎不聪明，样样比人差，还是自己的孩子，就是自己要宠爱的。瞧，“宠”这个字，上面一个屋顶，里面一条龙，多宝贝！还有，那龙会乖吗？尤其小龙，一定顽皮。能不在家造反吗？但是只要宠，就好，就能忍受，甚至享受。

连对宠物都如此。最近我儿子搬新家，贷了一大笔款，全新装潢，可是才住进去第二天，就淹了水。我去他家，进门吓一跳，看见墙上一个大洞，原来水淹进屋，他不得不把受潮的石膏板敲掉。各位猜，我儿子怎么说？他说：“我这猫啊，太聪明了！它会开水龙头，把阳台的水龙头打开了。”又说，“它很会吃醋，都怪我最近搬家，冷落它了，它就生气造反。”

这也让我想起以前养了一只大鹦鹉，常常站在笼子上对我叫，还把脖子上的羽毛立起来，意思是要我为它抓痒。我过去，伸手，它就会走到我的手臂上，咕噜咕噜，有说有讲，讲着讲着，突然一低头，狠狠咬我一口。天哪，真是痛彻心扉，胳膊马上就青紫了，我气得举起手，想狠狠打它，但是手举起，又放下了，我确实可以一巴掌把它打死，但它是我的宠物，我跟谁斗气啊！它不乖，是我没教好，我该做的是好好教它，别惯坏它，或把它送去宠物店训练，而不是打它，把它打死了，伤心的是我自己啊！

打在儿身，痛在娘心（或爹心）就是这个道理。你能因为孩子不乖，就不要他、打死他、不认他吗？他是谁的孩子？是谁生的？他是你的孩子，不是别人的孩子啊！就算他确实坏，确实讨厌。天下人都避着他，每个人否定他，你能不爱他、肯定他吗？对，你也可以不肯定他，不同意他的作为，不赞成他的看法，但你要护着他、爱他！因为他是你的孩子，如果连你都不疼，还指望谁疼？所以，各位怨自己的孩子，甚至说后悔生了那孩子的父母，请想一想，你是不是错了？

也正因此，我再三说，我们要讲肯定的话，对孩子说："快下来！高处危险。"而不是骂："你想死啊？"要说："把窗子关上，别着凉了。"而不是说："你想冻感冒啊？"既然我们内心深处都爱孩子、爱家人，为什么不好话好说呢？我也提到："与其你一边炒菜一边骂孩子，或在饭桌和客厅当着人骂，何不跟孩子说，今天晚上几点爸爸或妈妈能去你房间跟你谈谈吗？"然后，你尊重他，敲门进去，拉把椅子坐在他旁边，甚至坐在床沿，把他叫去，拉着他的手说："妈妈跟你说个知心话……"同样的话，换个方式表达，结果不是可能好很多吗？

时代不一样了，二十世纪初平均寿命才五十岁，现在七八十岁，未来会上百。我们能用上一世纪对人生的规划，教新新人类照办吗？这是一个知识爆发，需要灵活反应、不断充实，否则立刻就落伍的时代。我们能用死板僵化的方法教他们吗？我也在这里分析，为什么许多孩子小时候表现得很好，却愈大愈差。可能是师长的教法不对，也可能他的长处和兴趣不在那里。注意，我绝不会否定一个人的才能，因为人各有长，可能不长在读书，却长在别的方面。可能你用这种教法，他不行；换个方法，他就比谁都强。考试绝不是人生的单行道。天生我材必有用，只要一个人肯检讨，先试着了解自己，朝自己擅长的方向去努力，而不是怯懦、犹豫、拖拉，一定能有成就。

提到拖，我要对那些怨父母的年轻朋友说：跟父母生了你一样，你"就是"他们的孩子，他们"就是"你的父母。尤其一胎政策下，如果你家只有你一个孩子，"他们的"就是你的，"他们"也是你的，是你的责任，是你的宝贝，你不爱他们谁爱他们？你指望别人孝顺你父母吗？请不要说你现在还小，没能力孝顺。请问要等到什么时候才有能力？等你的孩子都长大了再说吗？那时候他们都几岁了？"树欲静而风不止，子欲养而亲不待"，不是"亲不待"，不是父母不要儿女孝顺，是因为孩子拖！而当孩子有一天悔悟的时候，已经来不及了。

没有行动的爱不是真爱，无论对子女、对父母、对社会、对国家，甚至对地球。我们不仅要有爱心，更要有行动，而且现在就行动。

热狗与冷猫

据我观察，最被同学尊重的，往往不是一找就能找到的，因为那样太便宜、太方便、太不稀奇，反而是功课好，有空才开机的学生，好像比较吃香。

大概凡是为我办过巡回演讲的人，都知道因为我容易过敏，讲台上不能摆香花，又因为我的胆囊被割掉了，所以吃东西绝不能油腻。总之，请我演讲很容易又很麻烦，容易的是我不应酬，麻烦的是我有一堆禁忌。可是，请问，我这么小心是为什么？是为不辜负邀请的人，也是为了把演讲做好。我还自己取了个外号，叫“热狗冷猫”。

什么是热狗冷猫？请听我细细道来——

有一天，我跟家人聊天，聊一半，到我该写作的时间了，怕影响他们的兴致，我就偷偷离开，去了书房。

“爸爸呢？”隔了一阵，我听到儿子问他妈妈。

“去写作了。”我太太回答。

“爸爸好像一只猫。”儿子带着抱怨的语气说。

又隔一阵，我写到个段落，走出书房，好奇地问儿子：“你为什么说我像一只猫？”

刘轩一笑：“是啊！你不像猫吗？猫就是自己有什么事，闷声不响地走开。”

“形容得真好。”我说，“刚才我确实有点失礼，但是话讲回来，如果说我今天在事业上，还稍有一点成绩，就因为我像一只猫，总在心里有个自己的计划，该走的时候，绝不留。”

我家附近一栋建筑物的墙上，挂了幅大大的海报，上面印着一只狗和一只猫，标题写得很妙——热狗冷猫（Hot dogs, Cool cats！）。

每次我经过，都会欣赏一下那个由保护动物协会印制的海报，觉得标题用了双关语，很有意思。“热狗”和“冷猫”一方面让人想到“热狗面包”和“很酷的猫”，一方面又形容了狗和猫的个性。

自从儿子说我像猫，我对那海报更多了分感触——“热狗”和“冷猫”不是也可以形容人吗？有一种人特别热情，一天到晚追着朋友，跑前跑后、大呼小叫，像是热情的狗。另一种人我行我素，有他自己的计划、自己的主张，不管别人欣赏不欣赏，就是执意去做，不正像说来就来、说走就走的“冷猫”吗？

我也想起以前在中学搞社团的一批朋友，很多人不分昼夜地为活动忙，把功课耽误了，甚至弄到留级。还有两个在大学搞社团的朋友，先在学校出风头，又被校外的人看上，整天在外面跑，因为旷课太多，居然被“勒令退学”。

记得当时他们退学，大家还办了欢送会，那两个人也沾沾自喜，认为不是被退学，而是早一步成功，因为他们“已经开始成功”。只是后来知道，他们并没有被校外人士继续重用，结果蹉跎了一番岁月，还是想办法“重考”，再回到学校，完成未竟的学业。相反，那些要玩能玩，要读书又能专心读书的同学，后来一个个都很成功。

如果把整天忙碌搞活动的人看成“热狗”，把书呆子看作“冷猫”，那些能玩又能用功的不就集“热狗”与“冷猫”于一身了吗？想通了这一点，我又对儿子说：“你上次说我像猫，错了！你应该说我像狗也像猫，我是爱动也爱静，能玩也能认真工作的‘热狗冷猫’。”

记得在美国的《每日新闻报》上做过一个统计，大意是说：“现在由于传真机和计算机网络的普遍，已经有愈来愈多的人在家里上班。大公司为了减少人事支出，也开始以‘按件计酬’的方式，把事情交给那些‘在家工作的人’。”统计报告建议：“如果你想在家工作，一定要把持得住自己。否则必定事倍功半、一事无成。”又说：“督促自己最好的方法是，虽然你在家里工作，但是必须严于律己，对所有的朋友宣告：‘我上班时间，如果没有急事，千万别来打扰。’当然，在你工作告一段落时，也可以邀三朋四友，到家里好好聚聚。”

这段文章里建议的，不正是个“热狗冷猫”吗？

我相信成功的作家，一定都是“热狗冷猫”。想想一位作家如果写作的时候不专心，怎么能写出好文章？相反，整天创作，却不接触外界，又怎能有丰富的灵感？于是你可以想象在田里跟农夫一起割麦子的托尔斯泰，在海滩为老婆撑伞、跟孩子玩耍的毕加索，到非洲打猎、古巴冲浪的海明威，经常游泳、长跑甚至打拳的萧伯纳，还有那位总是参加宴会，而且以开玩笑著称的马克·吐温。

我为什么说这“热狗冷猫”的故事？因为我发现太多年轻人，为了表示自己豪爽、爱交朋友，整天跟朋友们聚会，又不好意思离开，结果影响了自己的学业。如果作为学生，却把“学习”这件事给忘了，就算你很“四海”、很哥儿们，又可能获得别人的尊重吗？我也发现有些学生整天开着 MSN，好像半个简讯都不能不回。但是据我观察，最被同学尊重的，往往不是一找就能找到的，因为那样太便宜、太方便、太不稀奇，反而是功课好，有空才开机的学生，好像比较吃香。

我们常骂人“忘本”，那“本”也可以说是我们的正业啊！

“假使一个男人，不知道什么时候把自己从女人身边拉开；一个女人，不知道什么时候把自己从孩子身边拉开；一个孩子，不知道什么时候把自己从电视前面拉开：他们都不可能有杰出的成就。”这是我常说的一段话，它可能有些武断，但必然有相当的道理。

请问：你是“热狗”，还是“冷猫”，或是既能玩，又知道适可而止收心工作的“热狗冷猫”？

黑心床垫与红心床垫

这画面，我记一辈子；她拖着的灰色旧床垫，落满雪花，我也记一辈子。

台北市环保局回收的弹簧床垫，被黑心的下游处理厂商流出，改头换面，再卖给消费者……

在海外看到这消息，心头浮上好复杂的感觉，因为二十五年前，我就睡过这种“回收床垫”，但不是在台北，是在纽约；不是“黑心”，是“红心”。

◎

那一年，我用画展的收入，在学校旁边买了一户连栋的老房子，付完首付，已经捉襟见肘。老房东似乎看出我的窘迫，主动说他地下室有个能用的旧床架可以送我，我只要买个 box 和 mattress（就是下面的硬床垫和上面的弹簧床垫）放上去就成了。话才说完，他又一笑说："这样吧，我带你去买便宜的床垫。"

隔天下午他就开车带我从法拉盛（Flushing）到曼哈顿，又往南，过了唐人街，进入布鲁克林区。我已经不记得最后到了什么地方，只晓得路边有不少漂亮房子，却多半是空的，而且破窗烂户，还有好多失火的烟熏痕迹。老房东说那里原本不错，只是后来成为黑人区，又过两年，因为治安太差，连黑人都不敢住了，纷纷纵火烧房子，诈领保险费，所以成为废墟。

我们的车就停在一个像废墟的大房子前，进去时吓一跳，居然放满了家具，好多百年前的古董桌椅，还有成堆的床垫。

"挑吧！"老房东说，"一个才十五块钱，加上运费，也不过二十块，比外面便宜太多了。"

我立刻挑了两个，一个蓝花，一个红花。只是出门才听管理员说都是用回收旧床垫翻新的，也才知道那大仓库属于慈善团体"救世军"(Salvation Army)，美国民众有大件的家具要扔，常通知他们去收回来整理、转卖。

◎

老母带着我的妻子不久之后就到了美国，我和妻睡蓝花床垫，老母睡红花的，儿子则睡上一任屋主留下的旧床。只记得儿子刚到的时候，又瘦又小，那旧床还能用，才过一年，就因为床垫太软，半个人都"睡进"床垫中，为了不影响他发育，只好去买了个新的。

至于我们夫妇和老母，则睡在那两块翻新的床垫上。老母没睡多久，说有坐骨神经痛，睡不惯，于是把床垫收起来，另外买了张木板床。我和妻则继续用那蓝花的，但没多久，从里面钻出一根足有十厘米长的铁条，每次上床前都得小心用手压着，以免刮伤。又过一阵，床垫表面高一块、低一块，而且睡上去只听里面当当作响，好像有小鬼在拆房子，随时要垮的样子，最后不得不淘汰。

老母的床垫一直摆着，有一年岳父、岳母来，又被我们抬了出来，才睡几天，岳母就笑说从来没跟岳父那么亲热过，睡着睡着，自然就滚到岳父旁边，于是把那床垫也扔了出去。

但不是真扔，是送给了一个中国留学生。他租了间地下室，买不起床，就把床垫放在地下睡，说是还不错。可惜有一次下大雨，地下室被水淹了，半夜才发觉睡在了“水床上”；而且那床垫泡了水，生了霉，变得奇臭，不得不噙泪丢掉。

◎

随着经济的改善，我后来换了房子，也换了几次床垫。记得起初买床垫时，坚持愈硬愈好，表示弹簧愈多。卖床垫的人一笑：“如果要硬，何必买弹簧床？睡地上好了。”也记得有位店员指着床垫中一层黑黑褐褐的纤维说那是“马鬃”，特别通气，又不会发霉。近几年则总见广告，介绍用 NASA（美国航空航天局）科技制造的记忆型材料，说是太空人进入外太空时用来减压的。

◎

二十多年来，我换了许多床垫，起初都有中国留学生高高兴兴地“接手”。那时我甚至专去“车房大减价”(Garagesale)买旧的锅碗瓢盆，送给新来的穷留学生。直到十年前，情况突然变了，留学生才下飞机就买新车，再也没人要旧货。

但有两个画面，我一辈子不会忘。一个是挂着“红心”招牌的救世军仓库，而今有旧家具要淘汰，我一定会打电话给救世军。

还有个画面，是二十年前，我住在学校旁边时，有一天大雪纷飞，我下课走回家，看见雪地上一条深深的刮痕，想必有东西被拖过去，隔着密密的雪花，看见一个灰蒙蒙的影子，正拖着一个旧床垫，吃力地往前走。

我没拿重东西，走得快，渐渐追上她，才发现是新来的一个中国女留学生。我正想叫她，但又忍住了，觉得恐怕不妥，只好止步，看她渐渐走远。

这画面，我记一辈子；她拖着的灰色旧床垫，落满雪花，我也记一辈子。

第四篇　爱的佳酿

没有黑夜的等待，就没有黎明的欣喜，但是白日之后又有黑夜；没有饥饿的煎熬，就没有饱足的快感，但是饱足之后，又有饥饿；没有耕耘的辛劳，就没有收获的兴奋，但是收获之后，还得耕耘。

不做不对

别想不做不错，而要想不做不对。

我在成功岭受训的时候，同连有位弟兄，假日大家都外出游玩，他却独自闷在营里。许多人问他原因，他都不说，直到有一天连长问，他才表示：“我不是不希望出去，实在是因为外面有许多军纪纠察，唯恐自己不小心，少敬了个礼，或忘扣一个扣子而被登记，有损连的名誉。”

连长听了之后说：“你这种爱护团队名誉的想法当然不错，但是军人就要有冒险犯难的精神，如果事事消极，又怎么主动出击呢？所以我们不能逃避现实，更不能等待机会，而应该创造优势；别想不做不错，而要想不做不对。”

辩论

语气要缓，语词要强；
礼貌要好，理论要强。

我在学生时代，曾经为了参加辩论比赛，去请教一位著名的“语言训练”专家。

“参加辩论最重要的是语气要缓，语词要强。”那位教授说，“前者的意思是指讲话的态度要和缓。你想想看，有些人参加辩论比赛，未讲话前已经怒发冲冠，一发言，又破口大骂，这样的态度，怎么令人欣赏？这样暴躁，他自己又如何思考？

“至于后者，则是指语言的内容。参加辩论，自己一定要有充分的准备及理论根据，话既出口，就不能再犹豫，也绝不能半途更改。必须‘持之有故，言之成理’，才能使人信服。

“既有礼貌，又有理论；既使人产生好感，又拿得出坚强的道理，哪有不得胜的呢？”

◎

这位教授的话讲得真是对极了，从那以后，不论参加辩论比赛，还是劝说朋友，我总不忘“语气要缓，语词要强”“礼貌要好，理论要强”这两句话。

常清洁、常活动

水果跟人一样，要常清洁、常活动！

我家附近有个水果摊，卖水果的老先生，没事总把篮里的水果拿出来擦拭。有一天我开玩笑地问他："水果擦亮一点，是不是比较好卖？"

"我才不做那种表面功夫呢！"老先生说，"我是为了避免水果霉烂。

病人如果久不洗澡，躺在床上又不能翻身，背上会溃烂。同样的道理，水果久不擦拭和翻身，也容易生霉。水果跟人一样，要常清洁、常活动！"

游泳的本能

天生的本能只有加上后天的培养，才能发挥。

世界上没有天生的旱鸭子（喻不会游泳的人），也没有天生的水鸭子（喻会水者）。因为据医学研究，胎儿就仿佛在游泳，所以把初生的婴儿放在水里，能够自然地浮起；但又据体育专家调查，没有一个未曾学习游泳的人，跳到水里能立刻游得好。

前者的研究显示我们有游泳的本能，后者的调查表示我们需要后天的学习；天生的本能只有加上后天的培养，才能发挥。

分期付款

分期付款的钱付完了，东西也旧了；分期治学的功夫下够了，学问则愈扎实。

不知从什么时候开始，人们发明了分期付款的办法。房子可以分期付款，电视、冰箱可以分期付款，甚至衣服、皮包也可以分期购买。自从这个办法施行之后，大家的购买力一下子增强了许多，从前不敢想的，现在都拥有了。虽然每个月要付款，但是由于期数多、金额分散，并不觉得吃力，所以有人说：“现代社会最大的福利制度就是分期付款。”

◎

我觉得分期付款这个办法，除了可以拿来买东西，也可以用于治学。看来令人生畏的巨著，每天读一点，很轻松地就能看完；仰之弥高的学术境界，持之以恒地钻研，时间久了也能达到。

当然分期治学和分期付款仍有些差异，那就是分期付款是先享用后付钱，分期治学则是先下功夫后享用。分期付款的钱付完了，东西也旧了；分期治学的功夫下够了，学问则愈扎实。

◎

由以上的比较可以知道，分期治学要比分期付款更划得来。可是现在却有许多人，只知分期付款买昂贵的东西，却不知分期治学求高深的知识，从不嫌分期付款的东西贵，却要喊“这本书太厚了，我读不完；那样东西太难了，我学不会”。这岂不是很滑稽吗？

忍耐

学习忍耐的最好方法，是不让自己觉得在忍耐，这就好比“解忧”最好的方法是“忘忧”一般。

我有个朋友，以耐性强、脾气好出名，许多别人会焦躁不安或无法忍受的事，他却能毫不在意、泰然处之。

“你能不能教我如何训练自己的耐性？”有一天我问他。

未料他摇摇头：“我不觉得自己曾经忍耐什么，怎么教你呢？”

“你已经教我了！”我说，“原来学习忍耐的最好方法，是不让自己觉得在忍耐，这就好比‘解忧’最好的方法是‘忘忧’一般。”

理想的山峰

我宁愿在自己理想的山峰上被毁灭，也不愿毁灭我理想中的山峰。

这是一位登山家的墓志铭：

跟许多勇士一样，他是人们掌声中的成功者，叹息声中的失败者。

他曾经征服世界次高峰，回国时受到英雄式的迎接与欢呼，他的照片曾被刊在报纸的头版，他登山的经过被印为专集。

在他征服第二高峰的次年，又去攀登圣母峰，但不幸丧生于雪崩。噩耗传来，许多人都叹他太不知足，以致不仅失掉征峰者的美誉，更断送了自己的生命。

当他的尸体被人从雪里寻获的时候，他的消息已经不被人们注意，而在一个只有少数亲友围绕的午后，他被葬在这块地方。

或许他的名字已被人们遗忘，但我们将永远记得他说过的话：

“登山者攀登的不是高山，而是自己的理想。

“我宁愿在自己理想的山峰上被毁灭，也不愿毁灭我理想中的山峰。”

不知不觉的变化

我们永远不能用同一个标准来衡量不同年龄的自己，更不能认为昨天没问题的，今天就一定不成问题。

“最近我总掉头发，早上起来，枕头上全是，洗完头更可怕，池子里都是头发。”一个朋友忧心忡忡地对我说，“我真怕过不了多久，我的头就秃了。”

“我看还好啊！头发还很多。”我看看他说，“而且据医学统计，人一天平均会掉八十根头发，一边掉一边生，这是正常现象。”

他一笑：“这个我早知道，也曾经自我安慰，可是我已经去看过医生了，医生说头发非常丰茂的人，一天是可以掉八十根，但是对头发已经比较稀疏的中年人就不一样了。同样是八十根，对有八万根头发的人占千分之一，对只有四万根头发的人则成了五百分之一，当有一天掉得只剩八百根头发，如果还掉八十根，那就是十分之一了。”

◎

在美国做体检，发现左肺的尖端有个暗影，虽然我不断解释说小时候得过肺病，那是钙化的痕迹，医生还是不放心，非换角度再扫描不可。

“其实我三个月前在台北也才照过肺部的 X 光，”我又说，“一点问题都没有。”没想到医生拉着脸：“三个月前没有，不代表现在没有；连三天前看不到的东西，三天后都可能出现。”

◎

虽然后来检查结果没问题，但医生的话总响在我耳边。加上前面那位朋友的话，给我很大的启示——年轻时掉八十根头发，不等于中年时掉八十根；中年时的失误，更不等于少年时的失误。

年龄在变，身体在变，拥有的本钱在变，我们永远不能用同一个标准来衡量不同年龄的自己，更不能认为昨天没问题的，今天就一定不成问题。

新发现

无尽的知识宝藏，早就在我们四周，

只要我们去发掘，随时都可能有新的收获！

常听人说："又发现了一种新的元素"，"又发现了一个新的星体"。其实它们应当改为："新发现了一个元素"，"新发现了一个星体"。因为那些元素及星球亿万年前就已经存在，只是人们一直不知道，新近才发现而已。

无尽的知识宝藏，早就在我们四周，只要我们去发掘，随时都可能有新的收获！

喜与忧

忧，都是因为感怀己身的渺小，生命的短暂；至于其中的喜，则是由于豁达的人生观，将自己融入万化之中。

古人感怀人生，描写悲喜交替的文章真是太多了，他们忽而忧，忽而喜，忧中带喜，喜中含忧。

◎

譬如王羲之在《兰亭集序》中从“游目骋怀，足以极视听之娱，信可乐也”，到“及其所之既倦，情随事迁，感慨系之矣”。王勃在《滕王阁序》中，由“四美具，二难并。穷睇眄于中天，极娱游于暇日”的咏叹，到“兴尽悲来，识盈虚之有数”的感怀，都是由喜转忧。

◎

至于陶渊明在《归去来兮辞》中由“善万物之得时，感吾生之行休”，到“聊乘化以归尽，乐夫天命复奚疑”；苏轼在《前赤壁赋》中，由“寄蜉蝣于天地，渺沧海之一粟，哀吾生之须臾，羡长江之无穷”的喟叹，到“客喜而笑，洗盏更酌”，则是由悲转喜。

◎

以上这些例子中的忧，都是因为感怀己身的渺小，生命的短暂；至于其中的喜，则是由于豁达的人生观，将自己融入万化之中。当然除此之外，还有一种“不以物喜，不以己悲”的最高境界，也就是范仲淹在《岳阳楼记》中所说的“先天下之忧而忧，后天下之乐而乐”了！

讲话的技巧

幽默真好！把残破变为完美，把可惜变为疼惜。

“我昨天打破了父亲一只非常心爱的茶壶。”一个学生对我说。

“令尊一定发了很大的火吧？”

“没有！”学生居然回答。

“为什么？”我好奇地问。

“因为我知道怎么讲话。”学生说，“我打破茶壶之后，跑去对父亲说：

‘我为您泡了十几年的茶，今天不小心打破了一只茶壶。’”

“真是会讲话，令尊怎么回答呢？”

“我父亲也很幽默。他笑着说：‘你打破了我的壶，得再泡十几年的茶。’”

“幽默真好！把残破变为完美，把可惜变为疼惜。”我说。

蜘蛛网

冒险犯难的人，虽然常会遭遇严重的挫折，但是总能有惊人的斩获；只求安逸的人，虽然过得平稳，但也难有大的创造。

有些蜘蛛喜欢在树木间织网，但是风雨一来，网就会破损，而不得不重新织。有些蜘蛛喜欢在屋檐下张网，由于屋檐的遮蔽，除非有大的风暴，那网是不易损坏的。更有些蜘蛛爱在室内织网，它们选择人们不太注意的角落，织起小小的网，尽管外面风狂雨骤，总是无忧无虑。

在树木间织网的，常能抓到蜻蜓、蝉、金龟子等大的昆虫；在屋檐下织网的常能捕到飞蛾、苍蝇等中型的昆虫；在屋里织网的则只能碰上倒霉的蚊虫。

◎

冒险犯难的人，虽然常会遭遇严重的挫折，但是总能有惊人的斩获；只求安逸的人，虽然过得平稳，但也难有大的创造。

低不就则高不成

拿破仑是由炮兵干起，卓别林是从跑龙套的演员起步，如果他们当年不迁就那个低微的工作，可能有日后的成就吗？

人们常说："高不成，低不就。"我则爱讲："低不就，高不成。"因为一个人如果不愿意迁就较低的工作，就往往不能在未来有更高的发展。

◎

"登高自卑"，盖高楼的第一步不是往上搭建，而是向下挖掘。拿破仑是由炮兵干起，卓别林是从跑龙套的演员起步，如果他们当年不迁就那个低微的工作，可能有日后的成就吗？

所以我要说：

"低不就则高不成。"

小错大误

许多错误，平时看不出来，犯错的人还可能自认洒脱，只有遇到最严格的考验，才会显出弱点。

用两根手指打字，练熟了，也能打得蛮快。

以狗刨式游泳，游久了，也能浮潜自如。

垂着两肘弹钢琴，弹惯了，也能弹得不错。

问题是：

你想精益求精，更上一层楼，就不可能了。

◎

许多错误，平时看不出来，犯错的人还可能自认洒脱，只有遇到最严格的考验，才会显出弱点。

忧喜之间

没有耕耘的辛劳，就没有收获的兴奋，但是收获之后，还得耕耘。

有个孩子，上学之前母亲给了十块零用钱，他非常快乐；但是出门之后，等了半天，车子都没搭上，他唯恐迟到而变得十分焦急；所幸及时赶到学校，他觉得非常高兴；但是突然想到第一节要考英文，又变得紧张；考完英文，他松了口气觉得很愉快；但是又想到下午要发数学成绩，于是忧心忡忡，唯恐不及格，等到考卷发下来成绩居然不错，就又十分欣喜；可是老师跟着布置了一大堆家庭作业，他又变得沉重，等到深夜把功课做完，才放松；但是突然想到第二天早上要发英文成绩，又觉得十分紧张。

◎

由以上这个故事可以知道——

喜与忧常是交互产生的，因为我们总有下一步面临的困难，所以不会有永久的快乐；也正因为那些问题的压迫，才有许多克服之后的欣喜。

这就好比没有黑夜的等待，就没有黎明的欣喜，但是白日之后又有黑夜；没有饥饿的煎熬，就没有饱足的快感，但是饱足之后，又有饥饿；没有耕耘的辛劳，就没有收获的兴奋，但是收获之后，还得耕耘。

再试一次

一次不成功，再试一次！拨一次对方没反应，再拨一次！

我们经常在正忙的时候听到电话铃响，因为没能立即接，等到慌慌张张赶去，对方却已挂断了。这时我们多半会在电话旁稍候，盼望对方能再拨一次，假使就此沉寂，总会有几分失落。

有些人打电话，如果对方没反应，会再拨一次，因为他会猜想是自己拨错了号码、电话机跳了号，或对方正忙，也就因为他再拨，才把电话打通。相反，许多人打电话只拨一次，铃响几声没人接，就把电话挂上，因此错失了机会。

◎

一次不成功，再试一次！拨一次对方没反应，再拨一次！想想自己（难免会拨错号码），想想对方（可能刚才正忙），意外的成功，常就会出现。打电话如此，做任何事不都一样吗？

双重机会

当我们给别人一个机会，常常也就给了自己一个机会。

学生时代，有一次我从研究所选完课出来，正巧遇到同系的学长，便向他谈起我刚选的几门课。

“天哪！你怎么能选那个教授的课呢？他实在是太差了！”学长似乎觉得此事很严重，“我看你还是趁早把它退了，否则一定后悔莫及。”

看他唯恐我一失足成千古恨的样子，我赶紧跑回系办公室，申请退课。

“你为什么要退这门课呢？”指导教授问。

“因为听说教授不怎么样。”

“请你给教授一个机会吧！让他告诉你，他到底够不够水准。”

没想到指导教授居然以这种请求的姿态对我说，使我一时不知怎么作答，我只好打消原意，匆匆退出来，很不情愿地保留了那门课。

◎

两个月后，在路上遇见指导教授。

“怎么样？你对那门课还满意吗？”他居然没忘记我要求退课的事。

“太满意了！他讲的内容或许有些曲高和寡，但细细听实在很有深度，我正想谢谢您呢！”我感激地说，“要不是您劝我给教授一个机会，我真是错过自己宝贵的机会了。”

◎

当我们给别人一个机会，常常也就给了自己一个机会。

一张卡片

我相信这张卡片所到之处，必有许许多多的子女，谢绝外面的约会，赶回家中。

母亲节前夕，我收到了一张小小的卡片，上面只印着简单的几行字：

“母亲节就要到了，在你忙碌当中，请别忘记向你伟大的母亲，致上最衷心的祝福与感谢。”读到这儿，我赶紧翻了一下案头的日历，才惊讶地发现，母亲节就在眼前了。

这张只以单色印刷，并不显眼的小卡片，意义是多么深长啊！它寄自南部一所教会学校，学生以他们的零花钱印制，并送给社会大众。他们把母亲节的消息告诉大家，把自己对母亲的爱传达给群众；他们提醒做子女的人，在这一年一度伟大的日子里，向母亲献上祝福与感谢。

我相信这张卡片所到之处，必有许许多多的子女，谢绝外面的约会，赶回家中；必有千万母亲含着愉快的泪水，品尝爱的佳酿。

刘墉给孩子的成长寄语

以关怀代替质问，以建议代替责难，以暗示代替直言。

在篮球场上把对方狠狠地撞倒，不挨揍的方法就是把他拉起来。

要生存，要活得好，就得学。人类之所以为万物之灵，就因为我们有更强的学习力，更懂得超越自己。

我是“骆驼”，将成为“狮子”，就算每个人叫我不必努力、不必冲，我也要努力、要拼命！

因为年轻人该吃苦，不是别人叫我吃苦，是我自己应该吃苦，否则，我就枉做年轻人，白来了这个世界！

正因为年轻，所以我们要把握这冲力，把握这浪漫，多看多学，以不辜负上天赐给我们的青春。

为了让自己超越与生俱来的恋母情结，我们必须迎向外面的世界，接受挑战。

人生有许多必须超越的东西，首先要超越的是“与生俱来的恋母情结”。

我们都是人，可能环境不一样，遭遇有差异，但是人权与尊严是平等的。

用时间的第一原则，就是要有弹性，分清完整时间和破碎时间，嘈杂时间和安静时间。

不会用时间的人，一个是因为犹豫，一个是因为拖，更关键的是他不懂得在同一个时间做几件事。

与其拖拖拉拉和发愣，把时间一分一秒浪费掉，不如抓紧时间，以时间争取时间，把握小时间，创造大时间，使自己能在繁忙之间，有完全放松的时刻，让许多想象、创意和浪漫，好像在一块空白的画布上纵情地挥洒。

会用时间的人不拖延、不瞎忙，而是有计划地分配时间。忙碌之间要休闲，休闲才能产生创意、积蓄力量，让你走更远的路。

“抱负”！“抱负”！要“抱”就得“负”。要“拥抱和拥有”，就得“背负和负责”。“舍得”！“舍得”！要得到就得舍弃，不割舍就难以获得。

“人如果没有更高的理想，就会在现实中沉落下去。”幸福常常带来腐化，除非你能以幸福创造幸福，带给自己以及更多人幸福！

上帝给每个人一副无法选择的牌，但是我们能决定怎么打这手牌。

只有超越自己先天的条件、创造自己个人风格的人，能够发挥生命最大的光亮，肯定自己的存在。

快乐的条件，非但不是无忧无虑，而且可能是有忧有虑。快乐是要付出代价的！要被爱，更要去爱；要获得，更得付出。

生命不总是风和日丽，但是有些人在凄风苦雨里，却能咀嚼出另外一种美，也只有这种人最经得起打击，也才称得上懂得人生的情趣。

生物就是在竞争中成长与进化的。有竞争，就有压力；只有具备最强的实力，又能忍耐最大压力的人，才能站到巅峰。

天才的特质，不见得是过目不忘、一目十行的高度智商，而是一种说不出的，对任何事都有的怀疑态度、好奇的想法，与不达目的绝不终止，近于傻的冲劲。

若不能忍耐孤独，又如何站到巅峰呢？巅峰只有一点点，容不下许多人站，所以不仅遭遇的风大，而且旁边难有扶持；受不了风寒与孤寂的人，就无法成为天才。

委婉地道出你的苦衷、说出你的原则，必能获得朋友的谅解，赢得对方尊重！

我们常在失去时，才知道“有”的美好。希望在你失而复得时，一方面感觉“得”的可贵，一方面纪念失的痛苦，更因此了解失者的心境，产生悲天悯人的情怀。

比，不是狭隘地排斥别人，而是积极地参与；是认知别人，肯定自己；是精益求精，更上一层楼。

如果处处都在乎别人，哪里还有自己？如果不能克服自己天生的弱点，如何战胜别人？

压力虽然不好受，但是会使我们站得更挺、走得更稳，能够在未来承担更大的压力，产生更强的斗志。且从身体的内部、心灵的深处，激发出源源不绝的力量，走向人生的凯旋门！

有一天，每个人都说你没希望的时候，不要气馁，再试一次！很可能，你这一试，就成功了。

爱需要耐心，需要恒心，需要谅解，需要宽恕。

能控制情绪的人，才能有大的担当。

只有知道这世界上的事，有些办得到，有些办不到，不可能自己样样拿第一的人，才是成熟的人。

有希望，使我们能憧憬未来；有忍耐，使我们能渡过苦难；有自主，使我们能不受摆布。

当我们感恩，觉得老天爷待自己太厚了的时候，报答上天最好的方法，就是去帮助那些老天爷忘了帮助的人。

成功要自己去成功，如同成长要自己去成长。

“平常心”也是“心常平”，让你的心总保持在平静的状态，才能以不变应万变。

适时表现一下自己，是解除困顿，避免怀才不遇的最好方法。

装上黑白的心情，看到黑白的世界；装上彩色的心情，看到彩色的世界。

只有当我们将“等待美好明天”的“等待”改为“开创”时，才能拥有一个真正属于自己的、美好的明天。

就因为太阳每一刻都在地平线上滚动，所以这个世界才总有日落与日出；就因为我们总是不断追逐理想中的地平线，所以这个世界才能不断地进步！

人情味不是偏私，而是博爱；不是施舍，而是关怀；不是表面的礼貌，而是内心的尊重。

没有岁月的流转，万物便无法进化；没有人类的传递，知识便无法汇集。

平实的奋斗，虽不能如某些投机者获得暴利，却会远比投机失败的人来得富足。

助人获得的快乐，才是世间最大的财富。

我宁愿在自己理想的山峰上被毁灭，也不愿毁灭我理想中的山峰。

稳而有力，才是真正的力。如果只有猛力，却不稳，到手的东西，还是会失去的。

当我们依恋枕边，想重拾昨夜的幻梦时，不如振奋而起，开创美好的今天。

要有强健的体魄，也需有缜密的思维；要大胆地假设，更得小心地求证。

退一步准备之后才能冲得更远，谦卑反省之后才能跳得更高。

任何卑微者，都有他重要的时刻；任何弱小者，都有他可畏的地方。

只要我们摒除世俗价值的翳障，睁开灵慧无私的眼睛，在任何细微的东西上，都能见到美，而那时整个世界也就会变得更可爱、更多彩多姿了。

多读些书、多走些路、多思考一点、多创造一些，就可能跟偶像一样成功。

人生的困顿，常不在谷底，而在山头；老天爷要你在山头休息反省之后，再一次攀上巅峰。

“我爱你”，这是多么简单又多么沉重的三个字啊！简单得不用一秒钟就能说完，沉重得许多人用一生去犹豫，终究没有说出来。